내 안의
그대 때문에…
난 매일
길을 잃는다…

내 안의 그대 때문에…
난 매일 길을 잃는다…

초판 1쇄 발행 2017년 12월 13일

지 은 이 장영길
발 행 인 권선복
편   집 심현우
디 자 인 서보미
전 자 책 천훈민
발 행 처 도서출판 행복에너지
출판등록 제315-2011-000035호
주   소 (07679) 서울특별시 강서구 화곡로 232
전   화 0505-613-6133
팩   스 0303-0799-1560
홈페이지 www.happybook.or.kr
이 메 일 ksbdata@daum.net

값 23,000원
ISBN 979-11-5602-550-4   (03810)

Copyright ⓒ 장영길, 2017

도서출판 행복에너지는 독자 여러분의 아이디어와 원고 투고를 기다
립니다. 책으로 만들기를 원하는 콘텐츠가 있으신 분은 이메일이나
홈페이지를 통해 간단한 기획서와 기획의도, 연락처 등을 보내주십시오.
행복에너지의 문은 언제나 활짝 열려 있습니다.

내 안의 그대 때문에…
난 매일
길을 잃는다…

장영길 사진과 시(詩)

도서
출판 행복에너지

풍경에 대한 사실적인 이미지를 조금 더 새롭게 보려는 마음의 창을 통해, 하나의 객관적인 형체를 진솔한 가슴으로 담아내려는 주관적 의미를 스스로 부여해 봅니다.

내 안의 그대 때문에 매일 잃어버린 길을 찾아가는 과정에서 생겨난 시화詩畵들이 환경의 문화적 기준에 따라 조금은 불완전하게 탄생하여 온전히 전달하지 못하는 메시지를 평소 즐겨 감상하는 노래와 산문 글을 곁들여 함께 공감하고자 합니다. 적지 않은 시간 속에서 미숙하게나마 성취한 이 여운이 오직 저만의 감성적인 울림일지라도, 스스로 포장하지 않은 진실이기를 희망하면서….

2017. 12. 송정松亭

장영길

제1부

내 안의 그대 때문에…

가슴이 시키는 일

오래전 어느 시인의 어머니가 돌아가시기 전
가쁜 숨을 몰아쉬며 말씀하시길 바다 건너
서양 나라에 부잣집 딸로 다시 태어나서
공부 많이 한 학생이 되고 싶다고 말씀하셨다는데,
어렵고 열악한 환경 속에서 평생을 죽도록 일만 하다
끝까지 이룰 수 없었던 배움의 열망을
다음 생에서라도 꼭 이루고 싶다는
우리 부모님들의 간절한 꿈과 소망이 아니었을까,
또 한 세대의 많은 시간이 흐르고 아직
가슴에 걸려 있는 못다 한 꿈을 이루어야 하는데,
현실이 어렵다고 잊어버리고, 그냥 하루하루 살기에도
힘들다며 포기한다면, 우리가 원하는 파랑새는
멀리 날아가서 영원히 볼 수 없을지도 모른다.
누구나 원하는 돈을 많이 버는 일이나,
사회적으로 존경받는 일보다, 진실로 행복해지는,
하고 싶은 일을 원한다면, 지금도 늦지 않았다.
오직 나의 가슴을 뛰게 하고 마음을 설레게 하는
진정 가슴이 시키는 일에 도전하라!

목표

하루가 다르게 깊어가는 가을날은
길가에 남겨지고 버려지는 낙엽들에 대한
연민과 슬픔으로 무언가를 잃어버린 듯한 아쉬움을
먼저 떠올리지만, 보내야 할 때를 알고
자연의 순리대로 놓아주는 나무가 지닌 겸손과
현명한 선택은, 이별에 대한 잠시의 아픔보다는
혹독한 겨울을 이겨내기 위한 또 다른
준비와 희망을 품고 있음을 보여주듯이,
우리들의 삶에 대한 지혜와 비전을
높여줄 수 있는 도전 또한 그저 생각만으로
이루어지지 않는다는 것은 누구나 아는 사실이다.
아무리 좋고 멋진 생각을 지녔다 해도
그것을 스스로 실천하고 준비하지 않는다면
아무런 가치가 없는 것처럼, 진정한 희망이란
먼 곳을 바라보며 자신감을 잃어버리지 않도록
나를 격려하고 신뢰할 수 있는 스스로의 존중에 대한
가치관을 지녀야 원하는 목표에 도달할 수 있을 테다.

Yello(Shirley Bassey) −Rhythm Divine

Yello(옐로)는 폐차장에서 자동차를 분쇄할 때 나는 여러 가지 소리를 녹음하여 멜로디 속에 잡음처럼 이용하면서 자신들만의 독특한 예술을 다루는 전자음, Electronica를 기반으로 라이브를 거의 하지 않는 듀오로 알려져 있다. 이유는 이미 만들어 놓은 것을 똑같이 재생하고 싶지 않다는 것이다. 어떤 화가에게 같은 그림을 군중들 앞에서 다시 그려달라는 것과 같다는 의미이고 스튜디오에서 연주되었던 트랙들 역시 신디사이저에 저장되어 있는 것을 라이브로 한다는 것은 의미가 없다고 주장한다. 단순한 기계음과 전자음이 아니라 깊이감 있는 재즈, 아프로 쿠반과 라틴 블루스 등을 혼합하여 시대를 앞서가며 자신들의 음악을 철저하게 고집한다. 안녕을 고함친다는(yelled hello) 두 단어를 합성하여 탄생한 Yello(옐로)의 드라마틱한 멜로디에 호랑이처럼 포효하는 목소리라는 영국의 국보급 재즈 보컬리스트 Shirley Bassey(셜리 베시)가 게스트 보컬로 참여하여 완벽한 가창력이 돋보이는 'Rhythm Divine'(신의 리듬)

당신은 진실합니까!

명품 명언 중에 인도를 다 준다고 해도 바꾸지 않겠다는
영국인들의 자존심이자 세계 4대 시성 중 한 사람인
셰익스피어는 먼저 자신에게 진실해야 남에게도
진실할 수 있고 세상의 모든 일에도 진실할 수
있다고 했는데, 누군가 저에게 당신은 진실합니까?
라고 묻는다면 잠시 동안 망설이며 대답을
찾을 것 같습니다. 선뜻 네 그렇습니다! 라고
말할 자신이 없기 때문입니다.
평소 진실하게 살려고 늘 스스로 채찍질을 하지만
그것은 저만의 주관적 생각이며 객관적인 눈으로 보았을 때
어떻게 비쳤을지는 판단하기가 사실 어렵네요.
당신은 진실합니까?라는 누군가의 질문에
또는 자신 스스로의 질문에 "네"라고 대답할 수 있는,
인성적으로 성공하신 여러분, 저에게도
스스로 진실하게 사는 방법 좀 알려주세요.

신을 탓하지 마라

슬픔이 밀려와 그대 삶을 흔들고
귀한 것들을 쓸어 가버리면
네 가슴에 대고 말하라!
지금 내가 많이 힘들고 아픈 이유는
조금씩 어려움을 벗어가면서 치유되고 있기
때문이라며 어느 독설은 나를 위로한다.
신을 탓하지 마라!
인간은 신 때문에 고통 받는 게 아니라
인간 때문에 고통 받는다는 것 또한
신에게 책임과 투정을 부린다고
자신으로 인해 일어난 사람들의 문제가
해결되지는 않는다는 말일 것이다.
많은 분들이 삶의 아픔을 견뎌내기 위해서
웃지만 그 웃음 뒤에 감추어진 눈물과 슬픔을
우리는 쉽게 발견하지 못하고 오직 나만의
아픔이 크다고 생각하기 때문에 현실이
어렵고 힘들다고 느끼는 것이 아닐까.
결국은 그 모든 부분을 오직 내가
현명하게 풀어나가야 하는 문제일 테다.

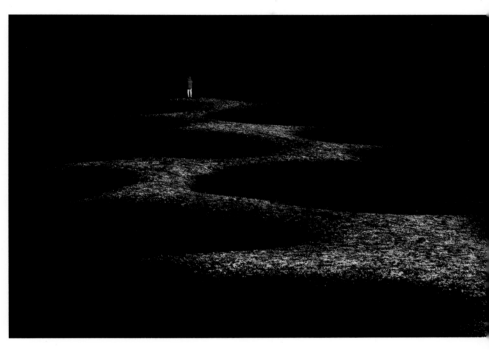

Luther Vandross − Dance With My Father

2005년 세상을 떠나기 전 Luther Vandross(루터 밴드로스)의 회고록을 보면, 흑인으로 태어나 겪은 아픔이 무던히도 많았음에도 그 아픔을 견뎌주게 했던 가스펠과 소울 음악을 늘 가슴에 담고 다녔다고 한다. 그는 80~90년대를 통틀어서 가장 아름다운 소울 음악을 들려준 위대한 아티스트로 인정받기도 했다. 그의 명성에 걸맞게 진한 감성의 R&B를 감상할 수 있는, 'Dance With My Father' 이 곡은 어린 시절 아버지와의 추억을 그린다. 아버지가 세상을 등진 후 홀로 남겨진 어머님의 아픈 가슴을 위해 기도를 올리며 아버지에 대한 그리움을 담고 있다. 바르고 근엄하셨던 우리네 아버님이 세월의 뒤편으로 물러나 때로 무거운 병마와 싸우기도 하는 모습으로 숙연하게 다가온다. 노래를 들으면서 쌀쌀해지는 날씨에 우리 모두의 아버님께 안부 전화라도 드리는 시간을 가지면 어떨까.

당신의 꿈

당신의 꿈은 무엇이었나요?
요즘처럼 우리가 잘못 만들어 놓은
사회적인 구조에 찌들고 삶에 지쳐서
혹시 꿈이 있다는 걸 잃어버리신 것은 아닌가요,
힘들고 어려운 현실 때문에 비록 조금 멀리 있고
이룰 수 없을 것처럼 느껴지기도 하겠지만 당신의
못다 이룬 꿈은 그리 멀리 가지는 않았을 거예요
지금까지도 절대 사라지지 않고 당신이 데리러
오기만을 기다리고 있을지도 모릅니다.
새로움에 도전해보지 않는 익숙함이라는 상자에 갇혀서
나이 타령과 신세타령은 인제 그만 하시고,
지금 당장 가서 붙들어보세요! 꿈은 생각만으로는
절대 이루어지지 않는다는 것을 아시잖아요!
당신을 진짜 설레게 하고 가슴을 뛰게 하는
당신만의 그 꿈을 지금 데려오세요,
아직도 늦지 않았습니다.

나의 모습

아무리 철저하고 완벽한 사람이라
할지라도, 단점 없는 사람은 없겠지.
자신의 결점을 파악하고 보다 좋은
방향으로 바꾸려고 노력하는 것은,
장점을 키우며 인격을 함양하는
좋은 기회라고들 한다.
급변하는 현실에 맞추어 가다 보면
내 스스로도 어떤 것이 진짜 나의
모습인지 잘 모를 때가 있다.
어떤 경우든 나의 진짜 모습을 보려면
자신에 대한 믿음이 가장 중요하다고
할 수 있는데 내가 나를 믿지 않는다면
그 누가 나를 믿어주겠는가!
내 안의 결점도 나의 것이고 내가
지니고 있는 장점들도 나만의 매력이라고
생각한다면 스스로에게 부끄럽지 않게
자신에게 주어진 일들을 성실하게 해낼 때
자신의 진짜 모습을 발견할 수 있을 테다.

Brenda Russell — Le Restaurant

1996년 공연윤리위원회의 심의기준이 폐지되기 이전의 우리나라 표절에 관한 기준을 보면, 노래의 멜로디 소절에서 중요 기준이 되는 2~4소절, 나머지는 4~8소절이 같을 경우 심의를 통해 표절 곡으로 결정했다고 한다. 박미경의 데뷔앨범에 수록된 '화요일에 비가 내리면'이 여기에 포함되어 있는데, 표절에 관한 부분을 먼저 말씀드리는 건 추천해 드리는 Brenda Russell(브렌다 러셀)의 'Le Restaurant' 노래가 이호준 님의 작곡 '화요일에 비가 내리면'과 비교하여 조표와 후렴부가 일치하여 표절곡이라고 판정되었기 때문이다. 평소에 좋아하는 노래여서 안타까운 마음으로 원곡과 여러 번 비교하여 들어 본 느낌은, 몇몇 소절과 후렴부가 많이 비슷한 건 인정하지만 '화요일에 비가 내리면'도 나름대로 독창성을 지니고 있다는 말을 하고 싶다. Le Restaurant를 처음 들어 본 분들도 '어디선가 한 번쯤 들어봤는데' 하는 느낌이 드는 건 바로 이런 이유가 아닐까. 국내 유명 드라마에서 테마곡으로 사용되어 조금은 익숙한 노래 'Le Restaurant' 잔잔한 파도를 넘나들 듯 살랑거리는 Jerry Hey의 트럼펫 연주와 호르겔 소리는 마치 담배 연기처럼 레스토랑 속으로 스며들면서 약간은 몽환적인 느낌으로 들려오는 브렌다 러셀의 뛰어난 가창력이 돋보인다.

도전

젊음을 상징하는 청춘들과 황혼의 차이는
지나온 인생의 흐름에 대한 시행착오를 거치면서
세상의 이치를 이해하는 연륜으로 우선 가려낼 수 있겠지만,
자신이 좋아하는 무엇인가를 이룰 수 있는 꿈에 도전함에
있어서는 나이로 판가름해서는 안 될 것 같은 많은 사람들은
나이는 숫자에 불과하다고 나름 멋진 비유를 하면서도
자신의 꿈에 대해선 또다시 나이를 분명하게 앞세워
지금 도전하고 시작해서 언제 이룰 수 있겠느냐고,
그러기엔 너무 늦었다고, 스스로 인정하며 나이가
들면 많은 것을 포기해야 한다고 결론지어 말한다.
하지만, 오히려 많은 것을 포기하기 때문에 무력하게
나이만 늘어나는 것은 아닐까? 나이가 많아서
너무 늦었다고 포기한 그것을 다른 누군가는 지금
나이에 상관없이 시작해서 끝내 멋지게 꿈을 이루어 낸
사람들을 부러워하며 살 수만은 없지 않은가!
요즈음 유행하는 노래 중에 "내 나이가 어때서"라는
국민가요도 있다. 무엇을 시작하든
도전하기에 너무 늦은 나이란 없다.

같은 날의
반복에서는
다른 것들이
나올 수가 없다.

가을비

가녀린 잎
붉게 재촉하는 빗물
나무 끝에 대롱이다.
감춘 눈물 터져오듯
창문 타고 흐르고,
구멍 난 가슴
깊게 타는 붉은 마음
쇄골처럼 드러내는
거울이 되리니
고독하지 않아도
안으로 스며드는 소슬바람
옷깃을 여미게 하는 만추
한 움큼의 시로 내려앉은
가을의 문턱에 앉아
국화 찻잔에 떠도는
그리움을 마시고 싶은
가을비가 내리는 날…

제목 : 가을비
시낭송 : 박영애

스마트폰으로 QR코드를 스캔하면
시낭송을 감상할 수 있습니다.

마음의 문

누구나 한두 번은 겪어가는
세상의 아픔 때문에
마음의 문을 닫고
스스로 내 안에 나를 가두는
아픈 삶을 살아가는 경우가
많은 것 같다.

마음을 열어 보일 친구가
필요하면 내가 먼저 누군가의
친구가 되어야 하지 않을까.

아무도 들어올 수 없게
꼭꼭 닫아버린 문보다는
내가 드러날 수 있게, 친구가
자유롭게 들어올 수 있게,
마음의 문을 활짝 열어 보자.

LARA FABIAN – Adagio

클래식과 팝의 만남이라는 것이 조금은 상투적인 것이 되어버린 시기에 클래식과 팝의 만남은 흔한 샘플링 기법으로 낯설지 않게 들을 수 있었다. 그러나 'Adagio(아다지오)'는 멜로디 전체를 클래식 선율로 가득 채워가며 보컬은 팝 요소로 파워풀하게 노래하여 세상을 놀라게 했다. 이탈리아 작곡가 Albinoni(알비노니)의 '아다지오 G단조(Adagio in G Minor)'에 가사를 입혀준 곡으로, 그리 흔하게 볼 수 있는 시도는 아니라는 점이 품위를 더해준다.

사랑만이 지닌 아픈 감정의 전달을 위해 클래식한 창법과 빼어난 고음처리 능력을 구사하는 Lara Fabian(라라 파비안)의 매력이 물씬 풍기는 곡이다. 장엄하고 애절한 선율의 'Adagio'

희망

하나의 작은 생명이 싹을 틔우면 계절에 맞게 몸을 맞추어
꽃을 피워내고 수많은 인내를 거쳐 열매를 맺기까지 자연은
비록 말이 없지만, 새로운 희망의 씨앗을 여운으로 남겨준다.
젊은 날의 실수로 휠체어에 의지할 수밖에 없게 된 젊은이를
그린 소설, 리처드 브리크너의 『망가진 날들』 중에 주인공이
간병인에게 묻는다. "내게 미래가 있을까요?"
간병인은 "장대높이뛰기 선수로서는 희망이 전혀 없지만,
인간으로서는 많은 희망이 있지요"라고 무한한 희망을 제시한다.
사람은 누구나 실수를 할 수 있다. 그러나 자신이 처한 환경을
비난하는 데 시간을 다 허비한다면 새롭게 꿈꾸고 일어설 수 있는
희망을 우리 스스로가 버리고 포기하는 것이 된다. 희망은 절대로
우리를 포기하지도 버리지도 않는다. 삶의 길에서 가슴으로
키워내는 새로운 씨앗의 희망은 늘 괴롭고 힘든 언덕길
너머에서 우리를 기다리고 있다고 하지 않는가.

느림

현대를 살아가는 우리에게 어떤 일이든
시간의 촌각을 다투며 그저 빠르게 해야 직성이 풀리는
잔재로 남아 빨리빨리 버릇 때문에 갈팡질팡하다
오히려 세월을 허비하는 경우가 많은데 프랑스의 철학자이자
작가인 "피에르 샹소"의 '느리게 산다는 것의 의미'가
주는 메시지는 특별한 이유도 없이 허둥지둥 바쁘게
움직이는 우리들의 생활에서 결연히 벗어날 수 있는
지혜를 전하다 지금 시대의 가치들 중에서도
가장 낡고 뒤떨어진 것으로 여기는 "느림"을
개인의 성격으로 말하는 것이 아니라 어쩌면
우리가 살아가면서 겪는 모든 시간과 계절을
조금 더 가볍게 부드럽고 우아하게 그리고
아주 경건하고 주의 깊게 느끼면서 살아가야
진정한 삶의 의미를 알 수 있다는 것이 아닐까,
짧다면 짧고 길다면 긴 인생길에서 욕심 없이
천천히 가야 조금 더 먼 길을 갈 수 있다는
교훈으로 받아들여야 할 것 같다.

Lynyrd Skynyrd – Simple Man

Lynyrd Skynyrd는 밴드명을 레너드 스키너드라고 읽는 것이 독특한 것으로 유명하다. 블루스 록과 미국 남부지방의 이미지라고도 할 수 있는 반항적이면서도 호탕한 하드 록을 즐겨 연주하던 대표적인 서던 록 밴드이며, 록 그룹들이 대부분 그렇듯이 고등학교 학창밴드에서 출발했다. 밴드명은 음악하는 학생들을 제일 싫어했다는 악명 높은 체육교사의 이름을 땄다고 한다. 그러나 인기가도를 달리던 1979년에 비행기 사고로 핵심 멤버 전원이 사망한 비운의 밴드였다. 'Simple Man'(심플 맨)은 그들의 히트곡 'Free Bird'(자유로운 새)처럼 자유롭게 날고 있는 영원한 새들의 노래다. 사랑하는 아들, 딸들아, 삶을 살아가면서 급하게 살려고 하지 마라, 어떤 시련이라도 여유로운 마음을 지니고 있으면 곧 지나가게 마련이란다. 부디 소박하고 검소한 사람으로 살아라, 'Simple Man'

배려

삶의 일상에서 일반적이고 상식적으로 받아들일 수 있는
생각들은 모두 같을 수 있지만 나름대로 처해있는 위치와
현재의 상황에 따라서 전혀 다른 해석을 할 수도 있겠지요.
설령 나와 다른 의견을 지녔다고 해서 올바르지 않고 오로지
나만의 생각이 정당하고 옳은 것이라고 판단한다면 상대방에
대한 배려를 분실함으로써 아주 사소한 것이라도 마음의 문을
닫아버리게 될 것이고 예상하지 못한 다른 방향으로
흘러버린 관계를 풀어내기 위해 어쩌면 아주 오랜 시간을
허비해야 할지도 모릅니다. 우리 인생은 내가 아닌 타인을
먼저 이해하는 데 그 본질이 있다는 어느 철학자의 일침은
무조건 상대가 옳음을 인정하라는 것이 아니라 타인에
대한 기본적인 것들을 존중하라는 것이 아닐까 합니다.
각자 자라온 환경과 선호하는 취향이 서로 다름을
인정해주는 것은 문화적인 차원에서도 자연스럽고
보다 성숙한 이해관계가 형성될 수 있겠지요….

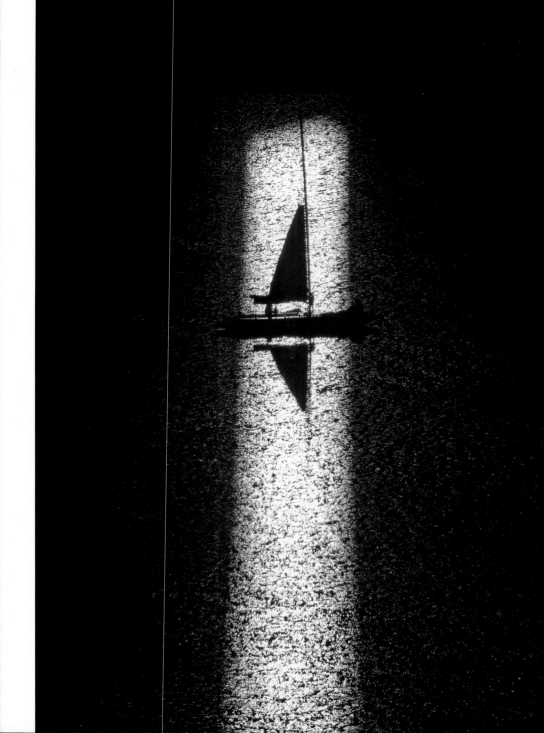

사진가로 가는 길

사진은 개인적인 색채가 매우 강한 것이라는 점에서 볼 때
카메라를 통해서 바라보는 피사체는 그게 무엇이든
사진이 될 수 있지만 소재로 적합하지 않는다면
당연히 감상자에게 모두 가치 있는 것으로 받아들여지지
않는다는 것을 우리는 이미 경험을 통해서 알고 있다.
촬영해보지도 않고, 사진을 배우는 단계라는 합리화를
내세워 아무 생각 없이 무엇을 찍어요? 어떻게 찍어요?
라는 단순한 질문은 미미하지만 자신만의 색채나 방법을
찾아가는 과정을 더디고 어렵게 할 수 있다.
문필가가 글을 써서 내용을 알게 해주듯이
사진가는 한 장의 사진으로 자신이 본 느낌과
이야기를 보여줘야 한다는 점이 쉽지는 않겠지만,
좋은 사진가가 되려면 무엇을? 왜? 사진으로
담으려고 하는지는 자신이 스스로 자문해야 하며
카메라와 피사체 앞에서 최선을 다한다는 마음과
성실한 자세가 꼭 필요하지 않겠는가.

Pages – Caravan Sary

중국의 거대한 사막과 오아시스 도시를 넘어 고대 중동, 유럽의 로마제국까지 이어지는 동서 문화와 상품의 교환창구였던 실크로드는 오늘날에도 여전히 유효한 비단길로 알려진 문화교류의 통로이다. "카라반 새리"는 중동 지역의 카라반(대상)들이 숙소로 쓰던 건물로, 짐을 실은 낙타가 드나들 수 있을 만큼 넓은 대문이 유일한 출입구이다. 낙타를 타고서 해가 뜨기 전의 찬란한 여명을 뚫고 수많은 고행을 헤치고 신비스러운 사막을 가로질러 실크로드로 문화를 전달했던, 카라반. 그들의 힘든 삶과 고뇌의 행렬이 초연하고 아름답게 느껴지는 카라반 새리의 그 느낌에 가사를 붙인 곡이다. 유독 정서적으로 어울리는 우리나라를 비롯해 동양에서만 크게 사랑을 받은 아름다운, 'Caravan Sary'

잔인한 달

해마다 이맘때쯤 우리들의
기억을 깨우는 잔인한 달 4월은
영국의 시인 "토머스 스턴스 엘리어트"가
'황무지'라는 글에서 발표한 문장이다.
우리가 만나게 되는 삶의 일상에서 가장
기본적인 가치가 지켜지지 않고 오직 자신의
이익만을 추구하다 황폐하게 메말라 가는 믿음의
부재不在를 꼬집는 서사시라고 볼 수 있는데,
얼어붙은 땅속에 잠들어 있는 뿌리의 희망이
새싹처럼 움트지 못하는 절망과 고통을 비유한
정신적인 죽음을 표출한 고뇌라고 할 수 있겠다.
겨우내 움츠리며 인위적으로 닫아버렸던 침묵을
순리대로 풀어내어 희망으로 바꾸자는 의미에서
되새겨 보는 4월이지만 신선한 설렘으로 넘쳐나
우리들의 가슴에 오래 남는 아름다운 4월이길.

사진 잘 찍는 방법

어떻게 해야 사진을 잘 찍어요?

사진을 막 시작한 초보 분들께서 가끔 하는 질문입니다.

렌즈 뚜껑부터 벗겨야 한다고 살짝 농담으로

알려주면 우스갯소리라고 웃어넘기지만

내가 소중하게 생각하는 카메라의 메커니즘에 대해서

기본기는 있어야 사진을 잘 찍을 수 있는 준비가 된다는

넌센스적인 충고이기도 합니다.

정말 사진을 잘 찍고 싶다면 우선 고정관념을

과감하게 버려야 하는데, 사실 이 과정이 쉽지는 않습니다.

누구나 생각할 수 있는 일반적인 사고에서 조금 더 색다르게

바라볼 수 있도록 하는 다양한 자세의 연습과

자신이 하고 싶고 찍고 싶은 한두 가지의 주제를 정해서

동일한 테마에 과감하게 도전하는 용기가 꼭 필요합니다.

그냥 셔터만 누르면 좋은 사진이 되지 않는다는 것은

기본기를 마친 사진인이라면 누구나 알고 있듯이

자신이 보고 느낀 그 감성 그대로를 앵글에 담을 수

있다는 확신 속에서 조금은 설레고 두근거리는

가슴으로 셔터를 누르는 부단한 노력이 동반되어야

정말 사진을 잘 찍을 수 있게 되겠지요.

Opus – Walkin'On Air

클래식 작품 넘버(Opus, 약어 Op.)를 뜻하는 밴드명으로, 80년대 중반 전자음악이 아닌 정통적인 록 음악을 기반으로 탄탄한 연주력과 유럽 특유의 팝 감수성을 융합한 오스트리아 출신의 5인조 그룹이다. 국내에서는 'Live Is Life'라는 라이브곡이 크게 사랑을 받았다.
허공을 떠도는 듯한 자유로움과 아름다움을 느낄 수 있는 산소 같은, 'Walkin'On Air'

향나무는 자신을 찍는 도끼날에도 향을 묻힌다

인간에 대한 사랑과 연민을 성서적인 주제를 통해서 묵직하게
구사했던 색채의 연금술사 조르주 루오 Georges Rouault 1871~1958 프랑스가
미제레레불쌍히 여기소서라는 연작의 판화를 통해서 발표한 "의인은
향나무 같아서 자신을 치는 도끼에 향기를 묻힌다"라는 제목이
약간 변형되어서 알려진, 짧지만 강하게 다가오는 글입니다.
우리들의 삶 속에서 가끔은 잘 알고 지낸 사람들이, 또는 나와는
상관없는 사람들이 무심코 휘둘러 버린 날카로운 도끼날에
대책 없이 상처를 받으면서 흔들리는 아픔을 어떻게 해야 할지
막막할 때, 용서를 수반하지 못하고 똑같은 방법을 구사하려는
대립적인 사각지대를 벗어나게 하여, 나만의 향기로운 영혼으로
그들을 감싸고 대할 수 있는 참다운 의미로 새겨서
자신을 이겨낼 수 있는 맑은 심성을 키워주는 지침으로
받아들이면 좋겠습니다.

비우기

살면서 중요한 것이 어떤 것인지조차 모르면서
모두들 그리 사니까 덩달아 그저 그렇게 살아가는
우리를 잠시 돌아보면 결국은 모든 것이 별거 아니라는
현명한 생각을 잠깐 하게 되는데 현실로 돌아오면 다람쥐
쳇바퀴 돌아가듯 역시 어떻게 사는 것이 좋은 것인지
잊어버린 채 작은 것들을 가장 소중하고 전부인 것처럼
끌어안고 또다시 아프고 괴로워하는 것일까?
속된 말로 한 번뿐인 인생 그냥 화려하게 살다 가자는
생각으로 너무 많은 것을 탐하고 있는 건 아닌지….
그 무엇들을 모두 내려놓아도 애초부터 우리 것이 없었으니
잃은 것이 아니라는 말처럼 우리 너무 연연하지 말자.
삶이라는 그리 길지 않은 시간 진실하게 비울 수 있는
나를 먼저 사랑해야 다른 사람도 사랑하며 살지 않겠는가.

Manfred Mann Earth Band - Questions

Manfred Mann Earth Band(맨프레드맨 어스밴드)는 데뷔 초기에는 재즈와 R&B(리듬 앤 블루스)를 기반으로 하는 록을 구사하다가 점차 팝의 느낌이 가미된 프로그레시브 록으로 방향을 전환했다. 슈베르트의 작품 'D.899'의 3번째 즉흥곡에서 영감을 얻어 만들어진 노래로, 맨프레드의 잔잔하고 아름다운 키보드 연주를 중심으로 크리스 톰슨의 나른함과 고독이 교차하는 보컬로 이어진다. 웅장한 코러스와 물결치듯 흐르는 오르간이 이루어 내는 사운드가 압권인 'Questions'. 던지는 삶을 어떻게 살아가야 하는지에 대한 질문이 들어있는 철학적인 가사와 더불어 데이브 플랫의 감성적인 기타가 주는 아름다운 선율 때문에 80년대 초 국내 다운타운 음악실에서 신청곡 골든 베스트를 차지했던 명곡이다.

새싹

현재의 나는 어떤가!
지금이 나를 돌아보며
재정비해야 하는 시기는 아닐까?
삶이라는 여정에서 절망이라는
이름을 단호하게 부정하며 조금 더
크고 반듯한 꿈을 이룰 수 있는
희망을 놓치지 않으려고 노력하지만
만만치 않은 현실에 부딪히며 나아갈
방향과 희망을 잃어버린 군중群衆 안에
갇혀있는 나 자신을 변명하고 있지는 않은지,
시간은 마냥 기다려주지 않는다고 하지 않던가!
역시 앞으로 가야 할 길이 많이 남아있고
넘어진 곳에서 계속 주저앉아 있는 삶을
살 것이 아니라면, 조금 힘들고 어렵더라도
또다시 일어나서 희망을 고집하자!
어둠이 걷히면 반드시 새벽이 열리듯이
어떤 고난에서도 희망의 새싹은 돋아난다고,

물

열정과 발전이라는 명함을 내밀면서
자신의 존재적인 가치와 이익을 위해서라면
물불을 가리지 않고 무조건 달려가야 한다는
요즘 사람들처럼 냉정한 현실과 적당하게
타협하면서 살아가야 하는 것일까?
아님 현실에 집착하지 않고 바람에 구름 가듯
물 흐르듯이 사는 것이 지혜로운 것일까?
한 해 두 해 나이가 들면서 조금씩 알 수도
있을 것 같은 선인들의 그저 욕심 없이 마음을 비우고
순리順理대로 사는 것이 어쩌면 정답일 수 있겠지만
말처럼 쉽지 않은 것이 우리들의 참모습인가 보다.
세상의 그 어떤 유형과도 겨루지 않으며
자신의 위치에서는 생긴 모습대로 닮아가는
여유로움으로 낮은 곳을 스스로 찾아 흐르는 겸손과
너그러움을 담고 조금씩 더 넓은 강과
바다로 흐르다가 때로는 오염된 흙탕물까지
가슴으로 받아들여야 하는 아픔과 외로움을 견뎌내는
힘든 과정을 통해서 더 맑고 깨끗하게 태어나는 물처럼
부드럽게 살 수 있는 인생의 지혜와 넉넉함을 배우고 싶다.

Kelly Sweet − Eternity

어떤 악기를 다룰 수 있느냐는 질문에 자신의 목소리가 악기라고 당당히 말하는 Kelly Sweet(켈리 스위트)
는 자신의 이름처럼 달콤하고 맑은 목소리로 꿈속을 떠다니는 듯한 몽환적인 노래를 많이 부른다. 특별히 과
장되거나 어떤 것에 묶여 있는 느낌이 들지 않고 자유로운 재즈와 클래식적인 바탕에 음악성까지 겸비하고
있다. 물방울 같은 피아노 반주에 살짝 가성을 섞어 고음을 내는 부분은 실크를 만지듯이 부드럽고 아름다운
느낌마저 준다.

낙엽 길을 걷는 가을에 잘 어울리는 'Eternity'

사진 같은 시

푸르른 잎 붉게 태워 피어오른
안개 같은 시를
하얀 머리 곱게 빗은
억새 같은 펜으로

눈부시게 흔들리는 바람 같은
시를 쓰고 싶다

하늘에 담가 푸른 물감 묻어난
가을빛 노트에
가슴으로 담아내는
사진 같은 시를
밤새 찍고 쓰고 싶다

제목 : 사진 같은 시
시낭송 : 박영애
스마트폰으로 QR코드를 스캔하면
시낭송을 감상할 수 있습니다.

진주

살면서 때로는 원하는 일이 잘 풀리지 않는다고 해서
크게 낙심할 필요는 없다. 한 번도 아파보지 않은 조개는
아름답게 빛나는 진주를 품을 수 없다고 하지 않는가!
그 일이 내가 좋아하는 일이고, 꼭 이루고 싶은
꿈이라면 힘을 내서 충실히 도전하면 될 것이다.
지금 조금 실패했다고 해서 다른 사람들이 나를
어떻게 생각할까?라는 사회적이고 상투적인
외부의 시선을 의식하기 시작하면 남에게 좀 더
잘 보이기 위해서 자신이 원하지 않았던 가식의
길을 걸을 수 있고, 스스로 뒤집어쓴 위선의 탈로
인해 내 삶의 참된 모습을 보여줄 수 없을뿐더러
진실로 이루고자 했던 나의 삶의 길에서 미아가 될 수
있음을 우리는 조심해야 할 것이니 남에게 보여주기 위한
위장의 두꺼운 얼굴과 거짓으로 치장된 무거운 짐을 모두
내려놓고 깨끗한 영혼을 지니고 또다시 도전한다면
희망으로 투영된 꿈 반드시 이루지 않을까.

취미

금전적인 목적을 두고 하는 것이 아니라
자기 삶의 질을 높이기 위해서 하는 활동을
우리는 대부분 취미趣味라고 말한다.
사진을 하시는 분들이 카메라를 통해서
자신이 바라본 이야기를 어떤 감성으로
담아내든 여유로움 속에서 즐거운 마음으로
열심히 촬영하다 보면 생각하는 시선과 느낌의
깊이가 짙어지면서 자연히 좋아하는 것이
주제가 되어 마음을 움직이게 되는 과정으로
본래 취미의 본질을 벗어나 자신만의 스토리에서
차츰 전문가로 바뀌게 되는 경우가 많은데,
그것이 남에게 우선 잘 보여야겠다고 하는
껍질 같은 치장이 아니라면 많은 사람들이
궁금해하는 예술의 목적과 인생에 대한
질문에 창의적이며 예술적인 본인만의
답을 보여주게 되는 것이고, 결국은 자신이
좋아하는 취미로 인해 우리의 인생이
조금 더 살만한 가치가 있다는 위안을
스스로 받게 되는 것이 아닐까 한다.

Na M － El Motivo Del Amor

노래를 사랑하고 좋아한다는 원천적인 부분을 끝까지 포기하지 않고 자신의 정체성을 찾아가며 스페인의 세비야에서 깐따오라(플라멩고 여성 싱어)가 되기 위해 노력했던 Na M. 그녀가 라틴음악과 월드뮤직을 부르며 발표했던 두 번째 앨범, "Janus"(야누스)에 실린 곡으로 한국어와 스페인어로 녹음하여 언어의 다름에 따라 조금은 덤덤한 느낌도 든다.

하지만 깊은 영혼의 울림으로 다가오는, 'El Motivo Del Amor' 사랑해야만 아는 것들.

타인他人의 문門

삶이라는 불안정한 여정旅程에서
만나게 되는 알 수 없는 낯선 문門으로
들어가야 할 경우 자연스럽지 못한 간격에서
생겨나는 조바심 때문에 혹여 마음이 다치지
않을까 하는 심리적인 방어를 하게 됨을 부인하지
못하는데, 자의든 타의든 나 자신의 문을 열고
누군가를 받아들이고 초대해야 하는 상황으로
바꾸어 말하면, 나와 다른 어떤 놀라움도 감수하며
서로를 존중한다는 의미와 소중한 만남을 만들기 위해서
어느 정도 귀하게 남겨지고 감싸주는 간격間隔유지가
필요한, 순수하고 지혜로운 해석으로 풀이하면 어떨까.

지금

어른들이 동심을 느낄 수 있는 이솝 우화처럼
짤막한 교훈을 담고 있는 러시아의 사상가이자 대문호
톨스토이의 "세 가지 질문"이 살아가면서 느끼게 되는
심오한 진리를 얻을 수 있도록 공통으로 내미는 답은
"지금"이라고 한다. 내가 존재하는 현재 이 순간이 가장
소중한 시간이어야 하고, 지금 만나고 교류하고 있는 사람이
소중한 사람이며, 지금 함께 있는 사람에게 좋은 일을
베푸는 것이 가장 중요하다고 일러줌은 누구나가 알고 있는
사실들이지만, 온전하게 실천이 쉽지 않은 이유 중의 하나는
자신에게 비수처럼 날아드는 자유롭지 못한 현실에서
나를 지켜내기 위해서, 어쩔 수 없이 가면을 쓰고
다른 사람에게 맞추는 그저 그런 인생에 대한 껍데기를
벗어내는 용기가 부족함이라고 한다. 지금 이 순간을
그저 그렇게 보낸다면 원하는 그 어떤 시간도 오지 않는다는
명확한 대답에 공감해야 하지 않을까. 우리 모두가 탈을 쓴
다른 얼굴이 아닌 진정한 나다움으로 만나는 모든 소중한
분들에게 그 어떤 의미에서든 좋은 일을 나눌 수 있는
삶의 질이 지금보다 더 풍성하고 행복해질 수 있기를.

Henry Mancini – Gypsy Violin

Henry Mancini(헨리 맨치니)가 작곡하고 그의 악단이 연주한 영화, Darling Lily(밀애)의 OST로 바이올린이 들려주는 로맨틱한 연주는 지난 50여 년 동안 발표된 영화 음악 중 가장 가슴 시린 낭만이 담겨있어, 국내에서도 많은 사랑을 받고 있다. 또한 우수에 찬 선율이 가을에 너무나 잘 어울리는 영화음악이기도 하다. 방랑자여서 늘 떠돌아다녀야 하는 집시들의 아픔을 가슴 절절하게 담아내고 있는, 'Gypsy Violin'(집시 바이올린)

비상구

인생의 여정에서 때로
원하지 않은 일로 인해
어느 누구나 어렵고 힘든
일들을 만났을 수 있는데
작은 지혜와 열린 마음으로
비상구 역할을 기꺼이 하는
그런 삶이었으면 좋겠습니다….

피그말리온 효과

어떤 기대나 예측이 실제로 결과물로
이루어지는 것을 피그말리온 효과라고 하는데,
자신에게 주어진 환경과 여건이 조금 힘들다고 해서
자포자기自暴自棄하면
점점 어려워지는 삶으로 남을 것이고
나는 언제든 잘할 수 있다는 긍정적인 희망을 간직한다면
바라는 포부를 이룰 수 있다는
심리적인 결론을 말하는 것이다.
물론 생각만으로는 모든 일이 절대로
저절로 이루어지지 않을 것이며
피그말리온 효과에는 스스로
꿈을 이루기 위해서는 자신을 믿고
목표를 이룰 수 있도록 채찍을 가하는
좋은 행동과 좋은 생각이
이어질 때 좋은 일은 반드시 일어난다는
교훈이 들어있겠지.

Geoffrey Gurrumul Yunupingu − Wiyathul

호주의 북부 Elcho Island(엘코 섬)라는 곳에서 Gumatj(구마티)족의 일원으로 태어나고 자란 Geoffrey Gurrumul Yunupingu(제프리 구루물 유누핑구)는 선천적인 시각장애를 가지고 태어나서 어릴 때부터 음악을 유일한 낙으로 삼았다. 이제는 세계가 그의 음악에 감동하고 있다. 낯선 언어인 호주 원주민 토착 언어, 욜릉구어로 나지막이 불러주는 노래가 바쁘기만 한 현대인의 마음속에 자유라는 이름으로 남은 갈증의 공감대를 만들어 많은 사람의 마음이 전율하게 한다. 그는 노래를 통해 앞이 보이지 않아 들을 수밖에 없었던 자신의 인생을 한탄하기는커녕 그것이 신의 사랑이라고 말한다. 무려 6만여 년이나 되는 세월을 통해 전해져 내려온 자신의 부족 이야기를 아름답게 들려주는, 'Wiyathul (주황발 무덤새)'

감사합니다

만만하지 않은 세상을 살아가면서 자의든 타의든
우리는 여러 사람으로부터 도움을 받고 있는데, 진심으로
감사의 마음을 전해야 할 고마운 분들이 얼마나 있을까?
어려움에 직면하여 힘들어할 때 곁에 있어 주는 것만으로도
위로가 되는데, 허기짐에 당황할 때 주머니를 선뜻 내어주고,
상처 받을까 꽁꽁 싸맨 가슴에 따스한 체온을 나누어 준,
조건 없이, 삶의 어려운 고비마다,
내일도 태양은 떠오른다는 희망과
용기를 가르쳐준 사람들이 있기에,
험난하고 어려운 세상이지만
살아볼 만하고 아름답다고 한다. 과연 우리는 그런 감사한
분들을, 고마운 일들을, 제대로 기억이나 하고 있을까?
마음에 담아두었지만 오래 간직하지 못하고 무심코
흘려버리거나 어쩌면 까맣게 잊고 사는지도 모른다.
거울 속에 비추어진 나를 돌아보면서 지금 그
따스했던 감사함을 갚아야 할 때는 아닌지.

다양한 삶의 경험

작가의 비밀스런 영혼과
인생의 모든 경험을 토대로
그만의 심성이 대체로 그의
작품에 담겨져 있다고 하는데,
자신만의 어떤 구상을 위해선
일정하게 정해진 패턴보다는
조금 더 다양한 삶의 경험이
필요하다는 생각을 해본다.

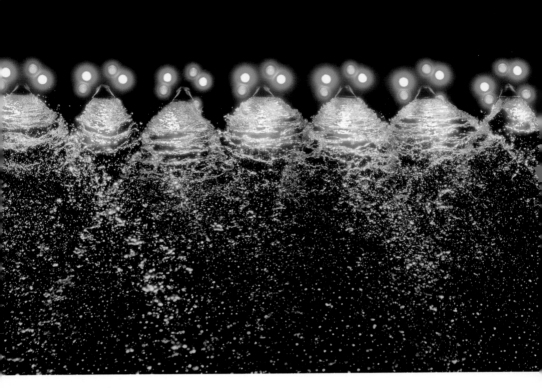

Pavlov's Dog — Episode

러시아의 Ivan Pavlov 박사는 어떠한 음식도 시야에 없었지만 침을 흘리는 개를 보고 반사작용 실험을 통하여 포유동물의 소화계에 근거한 심리과정을 연구함으로써 생리학 분야에 지대한 영향을 끼쳤다. 이런 Pavlov 박사의 조건반사설의 핵심 이름을 그룹명으로 사용한 Pavlov's Dog 는 미국인 3인과 캐나다인 3인으로 이루어진 6인조 밴드이다. 이들의 노래는 무언가에 홀린 듯한 느낌에 잠 못 이루게 했던 아련한 기억이 이들의 앨범을 구입하던 그 떨림으로 연결된다. 36년 전(1981년) 마지막 장마가 기승을 부리면서 소낙비가 쏟아지던 6월의 어느 날, 이들의 데뷔앨범 "Pampered Menial"(1975년 발표)을 주문한 지 1년 만에 구입하고 떨리는 가슴으로 레코드가 비에 젖을까 몇 겹의 비닐로 포장하여 가방에 넣고 그 가방을 또 다시 비닐로 몇 번을 감싸 집으로 향했던 에피소드가 떠오른다.

추억을 회상하며 웃음 짓게 하는 오늘 듣고 싶은 Pavlov's Dog(파블로스 독)의 'Episode'

당당한 모험

겨울이라는 미로를 걷다 보면
때로는 몸서리치는 냉정함 속에
감추어진 차가움 때문에
따뜻한 곳을 찾아 더듬거릴 수 있다.
그렇다고 해서 스스로가 온전히
길을 잃어버린 거라고 단정하지 않듯이,
우리가 알지 못하는 수없이
많은 길에서 잠시 벗어나고
이탈할 수 있는 것 또한
설익은 방황이 아니라 최대의
목표인 행복한 삶을 위한
또 다른 모험으로 인지한다면
그 서툰 경험 속에서 우리가
해야 할 일들을 진정으로 외면하지
않는 당당한 모험이 되었으면.

자유로운 영혼

언젠가 예술을 하는 사람들은 모두 자유로운 영혼이라는 글을
본 적이 있는데, 많은 사람들이 개인적인 고찰考察로 얻어지는
사고私考에서 당연하게 여기는 생각들을 뒤집고, 의문을 품어낸
작품에 대한 결과물이 일반적인 것보다 조금 다르다는 말로
받아들여진다. 자신이 미리 생각하고 나만이 알고 있는 어떤
고정적인 틀 안에 이미지를 가두는 것이 아니라 앵글 속의
피사체에서 보이는 소소한 느낌과 순수한 감성을 열린 마음으로
담아낸다는 의미가 더 크게 작용해야 한다는 것을 인지한다고
해도, 사실 좋은 사진을 촬영하기란 쉽지 않은 것이 사실이다.
사진을 떠나서 꼭 예술적인 삶이 아니라도 누구나 일상적인
질서를 위배하지 않는다는 조건이라면 어떤 규칙을 벗어나
자유로운 마음으로 살아가기를 원하지만, 우리는 여전히
자신에게 솔직하지 못한 부분이 있음을 스스로 눈치채지
못하는 것이 큰 아쉬움으로 남는다. 사진을 좋아하는 우리가
좋은 예술의 본질을 논할 수 있는 자유로운 영혼으로
나아가기 위해서는 우선 나에게 정말 진실하고
솔직해야 할 것이다.

Shawn Phillips – The Ballad Of Casey Deiss

나의 노래는 오직 나만의 자아를 감동시키기 위해 노래하고, 각각의 개인은 모든 아름다움과 슬픔을 음악으로 풀어보려고 자기만의 음악을 듣는 것인지도 모르겠다. 구도(求道)적인 명상에서 얻어지는 감정을 자신의 음악에 붙여 분명하게 노래하는 Shawn Phillips(숀 필립스)는 자연을 친구 삼아서 표현하는 특징 때문에 화려하지 않은 단아한 기타 연주를 들려주는 멜로딕 싱어송라이터로 알려져 있다. 포크의 느낌과 독백하듯 노래하는 서정성 때문에 지금도 팝 매니아들에게 사랑을 받고 있는, 'The Ballad Of Casey Deiss'

초심

나를 통해서 남을 아는 사람은 영리한 사람이며
다른 사람을 통해서 나를 아는 사람은 지혜로운
사람이라는 말은 인생에서 자기 자신을 직시하는
것만큼 중요한 일도 없을 거라는 말이 아닌가 합니다.
어떤 목표를 지니는 자신감은 우리의 가슴을 뛰게 하지만
지나친 자신만만함은 자칫 자아도취自我陶醉로 바뀌어
자신을 과대평가하고, 갈수록 나 아니면 할 수 없을 거라는
오만함이 번져 주변 사람들까지 무시하게 되는 경솔함으로
크게 실수를 하게 되는 경우가 있는데, 자만하지 않도록
타인의 충고를 받아들여, 겸허한 자세와 자신을 낮추어
겸손할 줄 아는 품성을 지니고 자기 일에 대한 초심初心을
잃지 않도록 하는 명석함을 스스로 여기 각인하고 싶은 날.

무서리

선홍의 설렘이
붉게 태우다
남긴 그리움
차가운 무서리로
잎새 끝에
하얗게 새겨지고

허전한 가슴
후벼 파는
바람 같은 이별로
어느새
저만치 훌쩍 가버린
가을아

잡은 손을
언제 놓아야 하는지
알고 가는 사랑처럼
뒷모습이
눈물 속에 애잔하구나….

Agnes Baltsa - To Treno Fevgi Stis Okto

그리스 태생의 세계적인 소프라노 Agnes Baltsa(아그네스 발차)가 부르는 그리스 가곡으로 2차 대전 당시 독일(나치)의 침략을 받았던 시절에 그리스 시민이 불렀던 저항의 노래이다. 언론이 억압받던 시기에 직접적으로 표현하지 못하고 기차를 타고 떠난 연인을 하염없이 기다리는 여심을 표현하고 있다. 억눌린 사람들의 소박한 비애가 담겨져 있는 애틋한 사랑노래, 'To Treno Fevgi Stis Okto'(기차는 8시에 떠나네)

제목 : 무서리
시낭송 : 박영애

스마트폰으로 QR코드를 스캔하면
시낭송을 감상할 수 있습니다.

고뇌

고뇌 어린 모습이야말로
가장 인간다운 모습임을…

'배부른 돼지보다는 고뇌하는 인간이 낫다.'라는
소크라테스의 진언은 나라는 존재감을 찾아내지 못하는
현대인에 대한 경각심을 강하게 찌르는 말이 아닐까 한다.
오늘 아침도 붉은 해가 무심히 떠오르더니 어느새
석양으로 내려앉았다면, 아무런 준비도, 의미도 없이
또 하루해가 이렇게 저물어 버렸다면, 과연 나는
오늘 하루를 온전히 살았는지, 나에게 주어진 시간에
무엇을 했는지조차 가늠하지 못할 수준에 머무르며
저물어 가는 또 하루를 이렇게 바라만 보고 있다면,
다시는 돌아갈 수 없고 바꿀 수도 없는 나만의 소중한
인생을 타인으로 하여금 주인이 되게 하는 건 아닌지….
나는 어디로 가고 있고 삶의 초점을 무엇에 맞춰야 하는가?
내일에 대한 의미 있는 하루를 준비하는 고뇌를 하자,
한 번뿐인 내 인생의 주인은 역시 나이어야 하지 않겠는가!

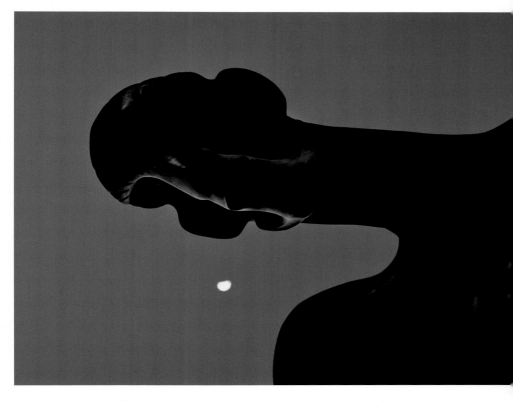

Gary Moore − Still Got The Blues

Metal(메탈)에서는 날카롭고 거칠게 호흡하고 Blues(블루스)에서는 가슴 시리도록 아름다운 서정미를 들려주며 노래마다 생명을 불어넣어 진지하면서도 깊은 연륜의 연주자인 Gary Moore(게리 무어)의 곡이다. 블루스를 전혀 모르는 사람들도 어디선가 한 번쯤은 들어보았을 인트로의 감성 연주가 가히 일품이라 할 만한 곡이며 전 세계 수많은 기타리스트 지망생들의 카피 곡으로 반드시 거쳐 가는 최고의 명곡이다. 2011년 59세의 젊은 나이에 심장마비로 세상을 떠나 새로운 연주를 다시는 들을 수 없다는 것이 참으로 안타깝다.

Gary Moore(게리 무어)를 추모하며 다시 들어보는 애청곡 'Still Got The Blues'(아직도 우울한 기분이 들어요)

나는 누구일까?

나는 누구일까? 나를 알아야 남을 알 수 있다는
철학자들의 의미를 받아들이면 정신적 수양이
빈곤하지 않도록 하는 진리로 남게 되겠지만,
살얼음 같은 현실을 헤쳐 가는 우리에겐
자아를 찾고 있을 여유와 깊이 사색할 수 있는
시간이 부족하다는 이유는 예상하지 못한
또 다른 영혼 없는 행동을 낳게 되고
그 결말로 일어나는 잘못에 대한 변명 또한
생각이 짧았다는 자책으로 이어지게 되는데
결국 자신에게 진실하지 못하여 타인에게 상처를
안겨주게 되는 고뇌苦惱를 만나게 되었을 때,
자신의 치부恥部와 부덕함을 드러내고
인정하는 가치적 상실이라고 한다면,
누구를 위한 것이고 무엇을 위한 삶인지를
알 수 없는 번뇌煩惱 같은 하루가 또 쌓여가는
오후 진솔하게 스스로 질문을 다시 해 본다.
나는 누구일까? 다른 사람에게 꼭 필요한 사람일까?

해빙

삶의 깊은 성찰을 통해서 인생의 경이로움과
의미를 깊이 들여다보게 함으로써 생의 힘든
순간이나 아름다운 순간을 직면할 때 보다
잘 대처할 수 있도록 도와주는
『사람은 무엇을 위해 사는가?』의 저자
"에드워드 하워드 그릭스"는 '세월이란 강물은
한 번도 되돌아보는 법 없이 언제나 같은 속도로
도도히 흘러가는데 그 시간의 강물을 놓치지 않고
이용할 수 있는 것은 오늘의 생활이란 삶의 수레를
돌릴 때뿐이다'라고 제시한다.
오늘의 현실을 살아간다는 것이 가끔은 힘들고 어려움이
동반되어 만만치 않겠지만, 그래도 넘어지고 또 일어서는
우리들의 삶 자체가 이 세상에서 가장 가치 있는 것이라면
인생이란 수레가 돌아가는 과정에서 자연스럽게 만들어지는
사랑과 고통과 행복과 번민을 충실히 받아들여 끊임없이
나를 위로하고 격려했으면 좋겠습니다.
나는 지금보다 더 잘할 수 있고, 겨우내
얼어붙은 얼음이 녹는 봄은 반드시 온다고…

Demi Lovato - Skyscraper

  겨울왕국의 주제곡인 'Let It Go'를 부르면서 세계적인 스타로 떠오른 Demi Lovato(데미 로바토)는 어릴 적부터 디즈니에서 아역으로 활동하던 미국의 배우이자 팝 가수였다. 한때 거식증과 우울증으로 인해 지금보다 밝고 고운 목소리를 잃는 힘든 순간과 아픔이 있었지만 스스로 이겨내려는 힘든 과정을 지켜보던 사람이 있었다. 동료 작곡가 겸 가수인 Keril은 영화 "아포칼립스"에서 영감을 받아 힘든 세상을 살면서도 쓰러지지 않고 웅장하게 서있는 고층 빌딩처럼 서 있을 거라는 믿음 어린 가사를 담아서 선물한다.
그녀 자신의 아픔을 대변하고 치유하는 노래를 부르면서 더욱 감정 전달이 잘된 희망의 서사시, 'Skyscraper'

인연

수없이 많은
만남 중에 아름다운
인연을 만나기란
정말 쉽지 않겠지요.
작은 오해로 인해
가슴 태우지 않고
무엇을 바라기보다는
조건 없이 무한정 주어도
아깝지 않은 인연
가끔은 고단한 아픔도
함께 나누면서 같은 곳을
바라보며 꿈을 꾸고
누군가의 희망이 되는 인연
서로를 배려하고 다독이며
때 묻지 않은 영혼을 사랑으로
소중하게 안을 수 있는
삶의 참 아름다운
인연이고 싶습니다.

좌우명

삶이라는 것이 기계처럼 매일 반복적인 생활의 연속이라면
성실하게 꿈꾸는 목표에 도달치 못하는 상실감에서 생겨나는
희망적인 의미가 약해져서 조금은 나태해지고 아무렇게나
자신을 던져버리고 싶다는 위험한 상념에 젖을 수 있는데,
이럴 때 우리를 깨우고 경종을 울려주는 역할을 하는 것이
바로 좌우명이 아닐까…. 시도 때도 없이 현실에서 부딪히는
어려움이 찾아오면 곧바로 위축되거나 다른 유혹에 흔들려
마음이 흐트러지고, 의지나 노력만으로는 스스로를 잡기가
힘들어지면 좌우명은 회초리가 되어 나약함을 극복하고
자신을 뛰어넘도록 응원하며 어두운 바다의 등대처럼 우리가
올바른 방향으로 가도록 길을 비출 수 있다고 생각합니다.
자신의 또 다른 목표로 전진하게 하는
여러분의 좌우명은 무엇인가요?

Robbie Williams − Angels

Robbie Williams(로비 윌리암스)는 엘튼 존과 조지 마이클을 이어가는 대형 가수로 거론되며 자국인 영국과 유럽에서는 꽤 유명하지만 한국에서는 그리 많이 알려지지 않은 가수다. 그는 영국의 전형적인 소프트 팝 보이밴드였던 Take That(테이크 댓)의 막내 멤버였다. 테이크 댓은 철저하게 기획되어 만들어진 밴드였지만 일반적인 아이돌과는 달리 가벼운 댄스와 발라드 넘버를 위주로 남녀노소 구분 없이 편안하게 감상할 수 있는 그룹이었다. 이런 테이크 댓을 나와 솔로로 전향한 로비 윌리암스는 어린 시절 불우한 환경 속에서 방황하던 자신을 진정으로 살아 숨 쉬게 하는 것이 노래임을 깨닫고 오로지 음악에 자신의 영혼을 팔아버렸다는 말을 남기기도 하며 중년이 된 나이에도 여전히 재능 있는 보컬과 아름다운 멜로디 감각을 끌어내고 있다.

이런 로비 윌리암스가 의미 있는 가사로 노래하고 있는, 'Angels'

가슴으로 찍는 사진

어린 시절 작은 꿈이었던 사진가의 길을
어느덧 내 인생의 절반이나 달려왔네요.
그동안 수없이 많은 시행착오를 거치며 꽤
먼 길을 온듯 하여 잠시 지나온 시간들을 돌아봅니다.
사물을 바라보는 눈 속에 색다른 그 무엇인가를
카메라에 담아낸다는 호기심을 앞세워 서툰 조작과
손가락으로 셔터 버튼만 찰칵! 하고 누르면
사진인 줄 알았던 초보 시절의 그 풋풋함이
미소를 안겨주며 설렘과 좌절의 기억들이
회상되어 아름답게 두근거리지만
지금 내 가슴이 뛰는 이유는,
지나온 추억 때문이 아니라
앞으로 남겨진 또 다른 날들에서
손가락이 아닌 가슴으로 누를
셔터를 그려보기 때문이 아닐까….
정말 그랬으면 좋겠습니다.

떠나지 못함을

우리가 고단한 매일을 살아야 하는
인내와 가끔 네모반듯한 상자에 갇혀있다는
깊은 상념을 견뎌내며 살아가는 이유는
삶을 살만하게 만들어 주는 좋은 사람들의
한가운데에 내가 서 있다는 자부심 때문이기도
하겠지만 반복되는 일상에 대한 일탈과 떠남에
대한 자유를 갈망하고 있는지도 모릅니다.
기계처럼 틀에 박힌 익숙한 일상을 벗어던지고
조금은 낯설지만 설렘과 만남이 열려 있는
막연한 미지의 그곳으로 또 다른 나를 찾아
무작정 떠나고 싶음을, 우리는 또 그렇게
꿈만 꾸다 역시 떠나지 못한다.
원래 삶이란 그런 거라고.

Franco Simone — Fiume Grande

Franco Simone(프랑코 시모네)는 이탈리아의 보석, 지중해의 짙은 슬픔과 고독함을 들려주는 음유
시인답게 아름다운 가사와 세계적인 문학성을 인정받았다.
사랑과 이별법 속에 추억을 담아낸 호소력이 애잔하게 들려오는, 'Fiume Grande'

행운

토끼풀이라고 알려진 클로버는 이파리가 보통 3개가 달려 있는
것이 정상으로 행복을 상징하고 이 중 간간히 돌연변이로 진화하여
4개가 달려있는 것을 행운이라고 한다.
누구나 한번쯤은 네 잎 토끼풀을 재미로 찾아본 기억을 돌이켜 보자.
쉽게 발견되지 않는 행운을 찾기 위해서 행복을 상징하는
세 잎 클로버를 짓밟고 있기 때문에 행복하지 못하다는 말을
함께 떠올려 보자. 행운이라는 요행에 집착하여 시간을
낭비하기보다는 우리에게 주어진 현실에 충실하다 보면
행복 뒤에 자연스럽게 따라오는 것이 행운이 아닐까.

청산도

완만한 바람으로 지어진 짙푸른 다랑논
길 사이사이 황금으로 펼쳐진 유채의 기억들이
도란거리는 청산도 삶의 흔적들을 다독이는
쉼터의 짧은 여정이지만 여전히 바다 위를
걸어 다니는 주인 잃은 독백들이 파도에
쓸려 다니고 누군가 말없이 놓아버린
고독까지도 자잘하게 부숴버리는
몽돌 해변은 낮에 나온 반달을 닮아있다.
매일을 꿈꾸듯 시간을 여는 언덕 위에
오랜 세월을 버티었을 소나무가
세파世波에 찌든 가슴을 쥐어짜듯
붉은 해를 토해내는 영롱한 아침
그냥 지나쳐 버리기엔 너무 소중한
시간들을 주워 담으며 조금은 느려서
더 여유로웠던 청산도靑山島의
해 뜨는 마을 진산리 비탈길에서 만나는
사소한 풍경들 또한 우리가 살면서
만나게 되는 작은 기적들이 아닐까.

Richard Marx — One More Time

과거와 달리 빠르게 변해가는 팝계 역시 유행과 시대의 흐름에 맞게 다소 강력하고 감각적이며 화려한 사운드를 요구한다. 요즘의 팝 음악들은 내가 선호하는 밸런스가 아니라고 단순히 말하기는 어렵다. 부드러움을 풍미했던 우리 세대 감성에는 조금은 가볍게 느껴지고 감동의 여운이 짧다는 생각은 오직 나만의 생각일까, 한 시대를 풍미했던 팝 발라드의 황제이자 자신의 곁에 있는 사람을 소중하게 생각하는 진정한 휴머니스트였던 Richard Marx(리차드 막스)의 곡이다.

진솔한 하모니와 허스키하면서도 쓸쓸하게 들려오는 중저음의 고독이 이슬비가 처연하게 내리는 날 사랑에 흠뻑 젖어드는 마음으로 듣고 싶은, 'One More Time'

고독한 존재

살면서 원하지 않는 현실과 부딪히면 우리는 가끔
혼자서만 정말 고독해지고 싶다는 생각을 하게 된다.
그냥 조용한 시간을 거니길 원하지만 현실이라는 벽에
부딪혀서 더 이상 나가지 못하는 경우가 많은데, 이 넓은
우주 안에 자신만의 진실한 자아가 존재할 수 있는 공간이
없다는 것은 위험한 일이다. 라고 어느 철학자는 경고한다.
사람이 사회적인 존재라는 것은 분명한 사실이지만,
나를 위해서 혼자 있고 싶을 때 타인들과 정신적인
거리감을 생성해야 하고, 적정선이 필요하다는 말로
이해할 수 있을 것이다. 나만의 자아를 찾기 위해 필요한
행동수단으로 의도적인 거리를 두고 싶어 하는데,
상대방이 자신에 대한 거절로 받아들이거나, 나에게
주어진 의무를 다하지 못한다는 두려운 염려를 지닌다면,
나를 새롭게 찾기 위한 공간은 이미 필요가 없을 것이다.
살아가면서 나에게 지인들의 존재적인 가치가 소중하다면
침범할 수 없는 그들만의 자아 또한 소중하다는 것을
재치 있게 받아 줌으로써 서로 보호하고 배려하는 것으로
해석을 하면 어떨까, 사람은 누구나 개인적인 면에서는
정말 홀로 고독한 존재라는 것을 가끔은 인정하자.

독일마을

남해의 짙푸른 바다가 잘 보이는

전망 좋은 곳에 때 묻지 않은 하얀색 벽과

파스텔 톤의 붉고 작은 지붕들이 어우러져

유럽풍 멋스러움을 간직하고 있는

독일마을의 또 다른 뒷모습을 돌아보면

가슴 아픈 청춘들의 이야기가 있습니다.

낯선 이국땅에서 수당을 더 많이 벌기 위해

꽃다운 20대에 타향살이의 설움이 터져 나올 때면

서로 껴안고 울기도 많이 울었다는 40여 년의 향수와

지하갱도 1,200m까지 내려가서 눈동자만 하얗게 보이도록

탄가루를 뒤집어쓰면서 힘들게 벌어 보낸 돈이

연간 5,000만 달러를 넘어서면서 고국 경제성장의

숨은 견인차 역할을 했던 파독 간호사^{1만3,000여 명}와

광부^{8,300여 명}들의 희생에 대한 기억은 아름답기만 한

독일마을을 돌아보면서 우연히 본 카페 벽에 작게 쓰인

"그대들이 있었기에 지금의 우리가 있습니다."라는

글 때문에 돌아오는 내내 가슴을 먹먹하게 합니다.

고국의 아름다운 남해에서 남겨진 여생

오래오래 건강하시고 행복하시길….

Sergei Trofanov & Djelem − Snova Slishou

서로 다른 국적의 연주자들을 규합해서 구성한 3인조 집시밴드 Djelem(젤렘)은 그들만의 리듬을 화려하지는 않지만 단조로운 클래식풍으로 구성하여 아름다운 멜로디에 녹여낸다. 끝없는 방랑과 자유로움을 노래하는 집시의 외로운 정서를 가장 잘 표현한다고 평가받는다. Sergei Trofanov(세르게이 트라파노프)는 밴드의 리더로 집시음악의 거장으로 불리며 애절하고 고독한 바이올린 연주 속에 녹아내리는 소냐 산카르티에의 나직한 허밍은 동양적인 감성과 잘 어울린다. 유랑 민족과는 거리가 먼 한국 땅에서도 집시의 서정적인 음악이 꾸준히 사랑 받도록 재해석한 애수의 선율, 'Snova Slishou'

마지막 잎새

이 세상에서 가장 고독한 것은
전혀 모르는 머나먼 곳으로
여행을 떠나는 영혼이다.

"오 헨리"의 『마지막 잎새』는
평생을 술주정뱅이로 살아온 무명화가
"베어먼"이 벽에 그린 담쟁이 잎새 하나 때문에
폐렴으로 죽을 고비를 맞고 있던
가난한 화가 "조안나"를 살려내는 단편 소설이다.
희망을 품게 하고 생명을 살리는 그림보다
이 세상에 더한 걸작이 어디 있겠는가!
우리에게 남겨진 잎사귀 하나가
위대한 예술이 되면서 베어먼의 죽음이
보잘것없었던 자신의 삶까지도 의미 있게
만들어준 감명은 학창시절의 깊은
가슴 울림으로 아직도 남아있다.
소리는 없지만 점점 깊은 사색으로 치닫는 가을날
여러분의 가슴에도 영원히 떨어지지 않는
희망이라는 잎새로 자리하시길 바란다.

세상이치

한 치 앞도 알 수 없는 안개 속에
맥없이 넘어지고 서성이는 삶의 이름

살다 보면 잘 풀어지지 않는 실타래처럼
얽히고설켜서 생겨나는 허망한 인간사

사람 사는 이치 다 그러려니 잠시 내려두고
그냥 허허거리며 잊어버리고 가라 하네

숨죽여 우는 가슴의 상처라도 바람 불면
절로 아물 테니 사는 일에 마음 가두지 말고

저 구름 쉬다 가는 계곡에 바람 따라 유하게
흐르는 물처럼 세상사 그렇게 놓아주라 하네,

제목 : 세상 이치
시낭송 : 박영애

스마트폰으로 QR코드를 스캔하면
시낭송을 감상할 수 있습니다.

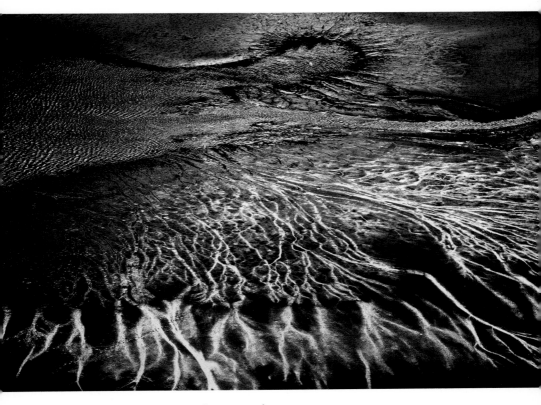

Randy Crawford – Knockin' On Heaven's Door

이 곡은 Bob Dylan(밥 딜런)의 곡이 원곡인 노래로, 소울풍으로 끈적거리는 Randy Crawford(랜디 크로포드)의 보컬 속에 David Sanborn(데이빗 샌본)만이 지닌 색소폰 연주가 담배 연기가 진하게 깔린 듯 음울하고 블루지하게 들리며 세계 최고의 기타리스트 Eric Clapton(에릭 클랩튼)의 선율이 어우러진다. 색소폰 연주와 기타 선율이 아름다운 조화를 만들어내는 불후의 명곡, 'Knockin' On Heaven's Door'(천국의 문을 두드리며)

고쳐야 할 마음

이것도 안 되고
저것도 안 되는
우리 주위에
온통 안 되는
문제로
가득하다면
제일 먼저
고쳐야 할 것은
어쩌면 우리들의
마음일지 모른다.

이끼

오래전 학창시절 선생님께서 근사한 본토 발음으로 알려주면
받아 새기는 것이 싫어서 자주 도망 다녔던 그 영어 시간에
빠지지 않고 등장하는 A rolling stone gathers no moss
'구르는 돌엔 이끼가 끼지 않는다'라는 속담 기억나시나요?
열심히 굴러라! 가만히 있지 말고 열심히 노력해야 성공한다!
뭐 이런 해석이 정답이었던 것 같은데,
여기서 행동을 말하는 돌보다는
어떤 제약을 주는 뜻으로 풀이한
이끼에 대한 어원이 조금 궁금해서
사전을 찾아보니 이끼는 한곳에
조용히 머물면서 크기를 확장하여
물을 맑게 해주는 좋은 의미를 지니며
선인들은 연륜과 경험을 나타내는
이끼를 닮고 싶어 했다고
기록되어 있더군요. 한 우물을 파라!
한곳에 집중하지 못하고
여기저기로 굴러다니면 이끼가 끼지 않아서
연륜과 경험을 쌓을 수 없다!라는
묘한 답이 나오는데, 정말 아리송하네요.

Chris Rea- Looking for the Summer

Chris Rea(크리스 리)는 조금은 지적이며 절제된 감성이 가슴속 깊은 곳에서 따스하게 묻어나듯, 우수에 젖은 중후하고 허스키한 목소리로 노래한다. 여름만 되면 나날이 더워지는 무더위에 뜨겁게 달구어진 숨 막히는 콘크리트 벽을 미련 없이 깨부수고 시원한 여름을 찾아서 떠나보는 것은 어떨까. 바쁜 일상을 벗어나서 무작정 카메라 가방을 들고 어디론가 떠나고 싶다는 생각을 하게 되는, 'Looking for the Summer'(여름을 찾아서).

내가 없는 내 안

햇살 받은 이슬처럼 고귀하지만
내가 없는 내 안 금방이라도 추락할 듯
나날이 야위어 가는 미소만 쌓여가고
정녕 가슴으로만 들어야 하는 노래가
풀리지 않는 실타래처럼 엉클어져 간다

위로받지 못한 잔인한 시간의 상처로
납작하게 넘어져 버린 아련한 가슴을
쓰다듬는 손끝을 스치는 순결한 바람
내 안 그대의 향기이련가 소원하지만
간절한 꿈으로 맴도는 가슴앓이임을

죽을 만큼 앓아도 이루지 못할 사랑
채워도 채울 수 없는 허망한 꿈이여
목 놓은 아픔 찢겨진 연서에 흐르고
내가 없는 내 안에 가득 찬 그대의
발밑을 떠나지 못하는 그림자만 웃는다

제목 : 내가 없는 내 안
시낭송 : 박영애

스마트폰으로 QR코드를 스캔하면
시낭송을 감상할 수 있습니다.

호양목

실크로드의 가장자리를 차지하고 있는 내몽고 단아 지역만의
기련 사막에 야생 낙타가 물길을 찾아 강으로 내려오는 가을이
되면 느린 햇살과 한 움큼의 바람에도 살랑거리며 붉은 모래를
배경 삼아 금색으로 아름다운 수를 놓고 있을 호양나무의 노란
이별이 그리워진다.

메마르고 건조한 사막이라는 척박한 땅에 온전히 견디고자
지하 10m까지 뿌리를 내리며 거대한 모래폭풍에 쓰러져도
결코 성장을 멈추지 않고 끝까지 자신의 가지를 하늘로 올리는
강인한 생명력은 잔잔한 감동을 준다. 조금만 불리한 환경에
처해도 쉽게 포기하려는 우리에게 좋은 이야기를 들려주는
호양목이 보고 싶은 날.

그리팅맨

대구 강정보에 가면 4대강 사업으로 새로 조성된
문화관 The ARC더 아크 1층 내부에 전시되어 있는
"그리팅맨"이 있는데, 고개를 숙이는 한국식 인사를 통해서
문화적 편견을 초월한 평화와 화해의 의미를
담고 있는 조각으로 유영호 님 작품이다.

서로 대립하지 않고 누군가를 향해서
먼저 자신을 낮추며 정중하게 고개를 숙여
손을 내미는 겸손은 소통의 첫 단계이자
좋은 만남의 시작이 되겠지.

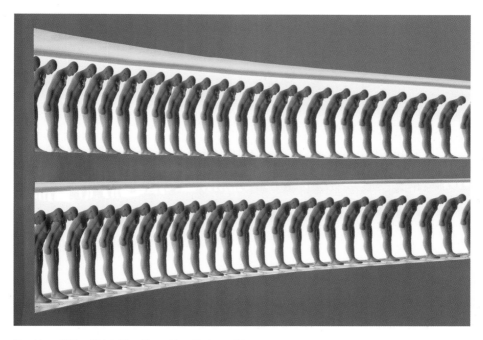

Smokie — If You Think You Know How To Love Me

이름처럼 카페에 자욱하게 내려앉은 담배 연기 속에 아련하면서도 감미로운 소프트 록으로 젊은 청춘들의 마음을 사로잡은 영국그룹 Smokie(스모키)는 쉽게 따라 부를 수 있는 멜로디와, 크리스 노먼의 호소력 있는 음색과 어쿠스틱한 감성이 매력적인 그룹이다. 한국인의 취향에 부합해 70년대 중반부터 80년대 중반까지 10여 년 이상 상상을 초월하는 폭발적인 사랑을 받은 그룹이다. 수많은 히트곡 중에 가장 애착이 가는 노래는 1978년에 제작한 데뷔 앨범에 수록된 'If You Think You Know How To Love Me'(당신은 사랑을 어떻게 하는지 아시나요)이다. 공연을 유튜브 영상으로 볼 기회가 있었는데, 30여 년이 넘는 시간을 초월하며, 여전히 소름 돋는 애수를 느끼는 것은 멤버들의 완벽한 앙상블과 애잔하게 노래하는 크리스 노먼의 감미로운 목소리 때문일 것이다.

사랑의 자리

우리가 살아가면서 조금은 버거울 때 부딪히는
인생이라는 단어에서 되묻게 되는 질문이 있다면
현실에 대한 나 자신의 존재의식일 것이다.
어떤 목표를 이루고 싶은 욕구와 소유하고 싶은 욕망은
때로는 정해진 길을 조금은 벗어나서 가려 하는 어쩌면
스스로를 강하게 구속하는 욕심이 들어있는
삶의 파편들 때문에 나오는 질문이 아닐까.
에리히 프롬의 『소유냐 존재냐』의 책을 통해서 풀어본
소유는 자신의 위치에 맞게 욕심 없이 사용함에 따라서
감소하는 반면 존재의 가치는 지니고 있는 그 무엇이든
함께 베푸는 마음의 실천을 통해서 커진다고 할 때,
나누지 않기 때문에 상실에 대한 집착이 커지고
버리지 못하기 때문에 마음이 무겁고 괴로운 것이라는
날카로운 지적을 하고 있는 것이다.
천 년, 백 년도 채 못 사는 우리의 삶이 서로 나누고
베풀어 주는 사랑의 자리에 함께 앉을 수 있는
그런 아름다운 존재로 남아있기를 희망하며

고집

누구나가 인정하는 뚜렷한 생각을 지니고
자기 뜻을 굽히지 않는다는 의미에서는
좋은 쪽으로도 해석할 수 있는 고집固執은
오로지 자기중심적인 생각에 집착한 행위의 표출로,
다른 사람들에게 충분히 공감대를 형성하지 못하고
합당한 이유를 보여주지 못하면, 대부분 선입견을
가진 사람이 융통성마저 없을 때 나타나는 심리
현상들이라고 지적하고 있다. 우리는 누구나
자신의 가치관에 따라 사물을 인지하고
판단하므로 주관성이 강하다고 볼 수 있는데,
어떤 사물에 대해 잘못된 인식을 하고도
다른 사람의 의견을 받아들이지 않고
자기 생각을 고치려고 하지 않는다면
새로운 것을 받아들일 수 없을 것이고,
추진과 발전으로 갈 수 있는 보편적인
이유에서 보다 합당한 부분을 정당화하고
함께 나눌 수 있는 소통의 길을 스스로
차단하는 결과로 남게 되지 않을까.
조심스럽다.

Ishtar - Horchat Hai Caliptus

이집트인 어머니와 모로코 출신 아버지 사이에서 태어난 Ishtar(아이쉬타)는 15살부터 노래와 연기를 시작했고 호주의 나이트클럽에서 공연하면서 언젠가 스타가 되어 돌아갈 꿈을 키웠다. 지중해의 깨끗한 모래밭과 눈부신 태양, 맑고 시원한 바람이 가져다주는 산뜻한 Flamenco(플라멩고)와 현대음악 장르인 Pop Music 리듬이 혼합된 음악은, 그녀만이 만들어내는 약간은 몽환적이면서도 영혼을 어루만지는 목소리를 통해 동양적인 신비로움까지 들려준다. 'Horchat Hai Caliptus'(유칼립투스의 추억), 조그만 기억 속에 머무는 우릴 무엇이 그리 힘들게 하는지 가슴 뛰고 설레게 했던 소중한 추억들이 생각나네요. 어쩌면 저 때문에 기쁨보다 아픔이 많은 사랑이 될 거라는 것도 이미 알고 있어요. 하지만 그 흔한 약속 없이도 내가 항상 그대 곁에 서 있을게요. 그대 슬퍼하지 말아요.

지천명

공자의 "위정편"에 나오는 지천명知天命이라는 말은,
사람의 나이가 오십이 넘으면 하늘의 이치를 깨달아
인생의 참다운 삶을 알 수 있다는 말인데,
꿈과 사랑과 방황을 친구처럼 달고 다녔던
우리들의 젊은 날의 고뇌가 마음만은 청춘이라는
이름을 앞세워 잔재하듯 꽤 많은 시간이 지나버린
오늘까지 현실에서 부딪치는 부당함과 괴리감을
느끼면서도, 우리가 아픔과 미련으로 여전히 간직하고 있는
꿈을 버리지 못하는 데 있음이라면, 이제까지 살아온
덕德과 선善을 최대한 활용하여 더 빛바래지 않도록
우리들의 꿈에 튼실한 날개를 달아 남겨두자.
이루지 못한 그 소박한 꿈들을 넘겨받은 우리들의
아들과 딸들이 또다시 겪어야 하는 청춘의 열병과
고뇌가 부디 순수하고 아름답게 펼쳐지길 바라면서.

꺼지지 않는 등불

삶에 지쳐 어깨가 무겁게 느껴지는 날
계획한 것이 잘 안 되어
마음이 몹시 어두워지는 날
여기 꺼지지 않는 마음의 등불 하나 있으니
필요하시면 가져가세요,

살다 보면 정말 잘하려고 했던 것이
때로는 잘하지 못한 것으로 내게 남을 수 있습니다
그렇다고 마음의 등불까지 꺼버리지는 마세요,

잘하려고 했던 마음과 사랑하려고 했던 마음은
앞으로도 좋은 여운으로 쌓여 어두움도 걷어내고
우리의 주변을 조금씩 밝혀

때로는 화해의 등불로,
때로는 이해와 포옹의 등불로 남아
우리가 길을 잃지 않고 방황하지 않도록
올바른 길로 인도하는 밝음을
선물할 수 있는 등불이 될 테니까요.

제목 : 꺼지지 않는 등불
시낭송 : 박영애
스마트폰으로 QR코드를 스캔하면
시낭송을 감상할 수 있습니다.

Enrique Iglesias – Hero

최근의 팝을 이해하는 키워드 중 하나인 라틴 음악 열풍을 이끌어온 스타로 자리매김 하고 있는 Enrique Iglesias(엔리케 이글레시아스)는 스페인 출신으로 70~80년대 라틴음악의 대부이자 스타인 Julio Iglesias(훌리오 이글레시아스)의 아들로 태어나 어쩌면 라틴 뮤지션으로 활동하는 건 당연한 일인지도 모르겠다. 초반의 단순하면서도 감미로운 기타 연주와 후반의 스트링 세션 그리고 코러스로 무게감을 실어주는 'Hero(영웅)'는 남자 친구가 여자 친구에게 속삭이고 싶은 말, 여자 친구는 남자 친구가 속삭여 줬으면 하는 말을 전한다. 난 당신의 영웅이 될 수 있어요, 'Hero'

두 개의 인생

누군가를 기다리듯 비어있는
붉은 의자 뒷모습에 둥글게 비추어진
나만의 또 다른 하루가 시작된다.
우리에게는 모두 두 개의 인생이 있고
그 두 번째 인생은 바로 당신이 인생이
단 한 번이란 걸 깨달을 때 시작된다는
배우 톰 히들스턴이 인용했던 말이 생각나네요.
내가 세상에 태어났을 때 나만 크게 울고
주위의 많은 사람들이 미소를 지었다는데
내가 세상과 이별할 때는 나만 미소 짓고
많은 사람들이 슬퍼하는 그런 삶을 살고 싶네요.

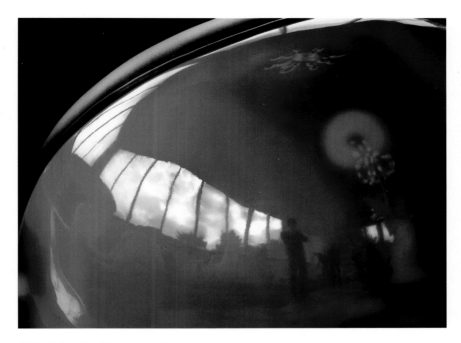

Chris de burgh – The Lady In Red

Chris de burgh(크리스 디 버그)는 다소 포크적인 분위기로 팝과 아트록의 멜로디를 오션지 위에 남겨가며 천성적으로 타고난 바이브레이션이 좋은 가수다. 그의 여성의 모성본능을 자극하는 가녀린 음색은 일품이다. 1930년대 미국의 대공황 시절, 영화의 주인공처럼 큰 은행들을 털어서 어려운 시민을 도와준 사람이 있었다. 미국 경찰은 많은 상금을 걸고 시민에게 협조를 요청했지만 미국 시민은 신고하지 않았다고 한다. 비록 은행 강도였지만 가난한 자의 배고픔을 보듬어준 시대의 영웅 '존 허버트 딜린저'의 연인에 대한 사랑이야기를 배경으로 만든 노래라고 알려진 'The Lady In Red'

길

소설가 이외수 님의 "길"이란 글에서
길은 떠나기 위해서 존재하는 것이 아니라
돌아오기 위해서 존재하는 것이라고 한다.
누군가는 떠나가고 누군가는 돌아오는 수없이 많은
그 길 위에서 우리의 삶이 시작된다고 볼 때,
누구나 마음속에 간직한 안전하게 가고 싶은 길이 있지만,
자신이 만들어 놓은 길이 아니면 절대 길이 아니라고,
자신의 길마저도 스스로 빗장을 걸어둔다면
떠날 수도 돌아올 수도 없는 폐쇄된 길 위를
서성이는 실종된 삶으로 남게 되는 건 아닌지.
나 자신의 길을 마음 밖으로 끌어내어
또 다른 세상의 길과 소통하도록 마음의
길을 따라서 도전하듯 지금 나서야 한다.

답설야중거 踏雪野中去

40여 년이 지난 시간이지만 학창 시절에 한문을 배우면서
참 근사한 말이라는 생각이 들게 했던 踏雪野中去답설야중거는
올바르지 않고 흐트러진 나의 모습이 다른 사람들의 본보기 될 수
있다는 의미로 볼 때 리더십을 갖추시고 자신을 경계하실 수 있는
많은 지도자분들께서 요즘처럼 시끄러운 정국에 잘 새기시고
음미하셨으면 좋겠습니다.

踏雪野中去 답설야중거

눈 내린 들판을 걸어갈 때에는

不須胡亂行 불수호난행

그 발걸음을 어지러이 걷지 말라.

今日我行跡 금일아행적

오늘 걸어가는 나의 발자국은

遂作後人程 수작후인정

뒤에 오는 사람의 길잡이가 되리니.

Jon Soderman – Mr. Blue

매력적인 허스키 보이스를 지닌 Jon Soderman(존 소더맨)은 캐나다의 변두리 클럽 등지에서 기타를 치며 노래를 부르던 로컬 뮤지션이다. 곡을 발표하고 활동하던 1981년에는 거의 주목 받지 못하다가 30여 년이 지난 최근에서야 몇몇 앨범 수집가들에 의해 이름이 알려지고 있다. 조금은 우울하면서도 섬세한 포크 분위기의 기타와 서정적인 플루트, 그리고 하모니카와 하프 등의 악기들이 적절하게 자리한 것이 특징인 곡이다. 따듯하면서도 아름다운 독백 'Mr. Blue'

상처

전통적인 유교 사회도덕 규범 중 일상생활의
예의범절을 위한 가장 기본적이고 필수적인 격언을 가려
유학교육幼學教育의 입문서로 편찬한 소학小學의
내용 중에는 의외로 성인이 수양修養해야 할
윤리관倫理觀들이 있는데 그중에서도 가장 중요한
덕목은 역시 말을 삼가는 것이 아닐까 합니다.
말을 많이 하는 것을 모든 사람이 당연히 꺼린다는 것을
알면서도 스스로 경계하지 못하고, 옳고 그름을 가리는 사이
타인에게 씻을 수 없는 상처를 입히는 경우를 만들어 결국은
그 말은 다시 돌고 돌아 자신이 상처를 받을 수 있는데
칼에 베인 상처는 아물면 잊히지만 말로 다친 아픔은
아주 오랫동안 우리 삶의 마음속에 상처로 남겨짐을….

주목열매

살아서 천 년, 죽어서 천 년,
자연의 거름이 되기 위해 썩는 데 천 년,
합쳐서 삼천 년을 지낸다는 주목^{붉은 나무}은
열매까지 붉은색을 지니고 있어서 보는 사람에게
좋은 기운을 준다고 한다. 여러분에게
주목 열매의 좋은 기운을 전합니다.

Vaya Con Dios – I Dont Want To Know

스페인어로 '신과 함께 가라'라는 뜻을 지닌 Vaya Con Dios(바야 콘 디오스)는 Dani Klein(다니 클래인)이라는 여성 보컬이 이끄는 밴드로, 그녀가 작곡과 프로듀서까지 모두 해내고 있다. 주로 블루스, 재즈, 소울, 플라맹고 등을 부르는 이들의 노래는 우리의 트로트와 비슷한 분위기를 느낄 수 있어 낯설지 않고 친숙하다. 라틴풍의 감성을 자극하는 'I Dont Want To Know (나는 알고 싶지 않아요)'

갈증

폰카 덕분에 국민 모두가 사진작가라는 친근감 있는 농담을
들을 수 있는 요즈음, 사진의 홍수 속에서 산다고 해도 과언이
아닐 정도로 우리 주위에 널려 있는 사진이란 매체는, 과거에
사실 있는 그대로를 담아내는 것이 정확한 기준이었고,
현대에도 크게 변한 것 없이 디지털의 발전에 힘을 얻은 일부
작가들이 다양한 방법을 접목하여 새로운 예술 분야로 접근
중이지만 종합예술로 향한 걸음이 매우 느림을 감출 수 없다.
경제적인 상승 요인과 시간의 여유로 인해 취미 생활의 여건이
좋아지면서, 아마추어 사진사가 많이 늘어나는 고무적인 현상과
비례하듯이 편리하게 발전하는 메커니즘을 믿고, 그냥 셔터만
누르면 작품이 된다는 오해로 이어져 창작을 너무 가볍게
생각하는 현실이 예술에 대한 심한 목마름으로 다가오는데,
우리 모두가 사진을 사랑하는 성실한 자세로 자신이 하고 싶은
사진에 대한 깊이 있는 연구와 작은 고뇌들을 쌓아갈 때,
사진예술에 타들어 가는 우리만의 갈증을 말끔하게
해소할 수 있지 않을까.

배우

셰익스피어는 인생 이야기를 무대와 배우로
함축해서 표현하기를 좋아했는데
우리는 삶이라는 무대를 통해 누구나 배우여서
자신의 역할에 맞는 연기를 한다고 제시한다.
어떤 사람은 단역을 하고,
어떤 사람은 조연을 하고,
어떤 사람은 주연을 하고 있는 것이
일정하게 우리에게 주어지고 정해진 몫이
아니라는 것은 누구나 잘 아는 사실일진대
단역을 하는 것이 또는 조연을 하는 것이
당연한 것처럼 받아들이는 연기가 아쉽다는 것이다.
물론 세상이라는 커다란 하나의 작품에서
각자의 역할이 있어야 하겠지만
자신의 삶이라는 작품에서 다른 사람이 주연을 한다는 것은
있을 수 없는 일 아닌가!
우리에게 딱 한 번 주어진 "나만의 삶"에서 모두가 공감하는
이야기를 연기할 수 있는 명품배우가 될 수 있는 그날까지
우리 조금씩 자신만의 개성을 살려가는
배우가 될 수 있기를 희망하며.

Jeff Beck & Joss Stone - I Put a Spell On You

Jeff Beck(제프 벡)은 리듬 앤 블루스를 창의적인 록으로 변형해 1960년대에 큰 인기를 누렸던 Yardbirds(야드버즈) 시절부터 Eric Clapton(에릭 클랩튼), Jimmy Page(지미 페이지)와 함께 세계 3대 기타리스트라는 칭호를 받았다. 이미 70세를 넘긴 Jeff Beck의 나이와 연륜에서 배어나오는 절제된 기타 코드가 거의 경지에 이른 듯 끈끈하면서도 세밀한 연주를 들려준다. 블루스 소울 톤의 연주 앨범 Emotion & Commotion에서 협연 보컬로 뛰어난 가창력을 보여주는 Joss Stone(조스 스톤)과 주고받는 완벽한 리듬이 묘한 매력과 감성을 더한다. 주술 같은 마력으로 듣는 이를 빨아들이는, 'I Put a Spell On You'

꽃 같은 당신

산다는 것은 어쩌면 속이 환하게 들여다보이는
투명한 종이로 만들어진 가녀린 시간들을 조심조심
넘기면서 하루하루를 버텨가는 것인지도 모르겠다.

빠르게 움직이는 시간의 변화에 적응하려고 어쩔 수 없이
묻혀야 하는 찌든 때들을 말끔히 벗겨내고 깨끗한 여백을
지켜내기 위한 방어라는 위선으로 둘러싼 웃음을 토해야 하는
현실에 대한 부정 속에서 어느 날 갑자기 더 이상 꿈이
필요하지 않는 시간이 온다면, 세상이 나를 속인 것이 아니라
나 스스로 세상을 속여 왔다는 위선자가 되지 않기 위해서라도
움켜진 속물근성을 버리고 여백을 남겨두자.

그래도 힘들고 아프면 잠시 쉬어가며 가쁜 숨을 고르고
지나온 기억들을 돌아보자,
어차피 우리는 누구나 혼자여서 외롭다고 하지 않은가!

제목 : 꽃 같은 당신
시낭송 : 박영애

스마트폰으로 QR코드를 스캔하면
시낭송을 감상할 수 있습니다.

비록 암담하고 살얼음 같은 세속에 빠진 아픔들이 있기는 하지만
그 상처를 견뎌내고 이겨가려는 과정들이 우리 삶에서
가장 아름답던 순간이었음을 깨닫는 시간은 조금 늦게라도
반드시 올 것이고, 그 아픔은 서서히 치유될 것이기 때문이다.

지금 일어설 수 있고, 당장 삶이 끝나지 않는다면
또 다른 희망은 그 여백에 남아서 꽃과 같은 당신의
아름답고 향기로운 그림을 그릴 수 있을 테니까.

미움 받을 용기

사회적 존재로서 고민이 되는 모든 근원은

인간관계에서 비롯되며 우리들 스스로

행복해지지 못하는 가장 큰 이유 중 하나는

모두에게 인정받으려는 욕구 때문에 발생하는

건전하지 못한 열등감과 자신의 불행과 불만족을

과거의 탓으로 돌리려는 트라우마에 대한

적절한 대응법과 사람 대 사람으로 받게 되는

상처와 과민반응에 대해서 조금 더 현명하게 대처하고

피해의식 때문에 무거워진 마음의 짐들을 덜어내어

삶을 윤택하게 가꿀 수 있도록 안내해주는

지침서 같은 추천하고 싶은 책『미움받을 용기』는

아들러의 쉽지 않은 철학들을 친근하고 쉽게 풀어내며

우리가 타인과 경쟁하려고 하는 것이 아닌

보다 진보적이고 이상적인 나와 비교하여

지금보다 조금 더 앞으로 나아가자는 건전한

열등감으로 받아들여야 할 용기라고 제시한다.

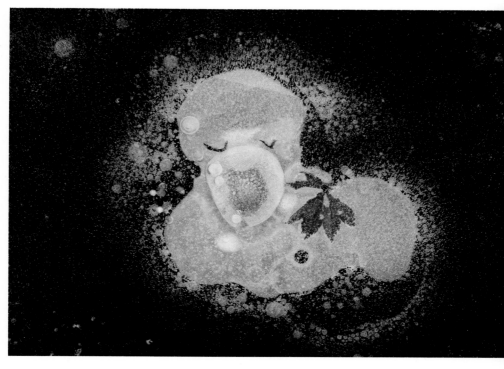

Stone sour – Taciturn

Stone sour(스톤 사우어)는 미국의 헤비메탈 밴드 슬립낫의 보컬인 코리 테일러를 주축으로 만들어진 강력한 메탈 밴드이다. 하드 록과 Alternative Metal(얼터너티브 메탈)을 포함하여 발표하는 앨범마다 색다른 느낌의 곡들을 담지만 여전히 전통적인 헤비함과 장중함을 아우르며 색다른 부드러움을 지니고 있어서 국내에서도 상당한 골수팬을 확보하고 있다.

조금 거칠지만 서정적인 리듬에 호소력 있게 실려 오는 코리 테일러의 특유한 목소리가 꽤 매력적이고 노래 끝 부분의 여운이 꽤 길게 다가오는, 'Taciturn'

나는 꿈꾸고 있는가?

오랜 시간을 직장에서 성실하게 근무하시다 정년을 맞이하고
또는 자녀들에게 정성스럽게 뒷바라지하다 뒤늦게
자신이 좋아하는 사진을 건강 삼아 하시는 분들이 늘어나는
추세인데, '지금도 늦지 않으셨으니 어떤 목표를 가지고
사진을 하시라'고 권해드리면, '그냥 아름다운 경치나 보면서
그렇게 구경 삼아 다니고 싶다' 하시는 분들이 많다.
한 번쯤 생각해 보자. 나는 10년 후 어떤 모습으로 살고 싶은가?
꿈이라는 것은 나이가 적든 많든 우리의 하루를 활기차게 만들어
앞으로 살아갈 방향과 목표를 알려주어 삶에 열정을 붙여주는
것이니 지금은 늦지 않았다. 나 자신을 위해 이루고 싶은 꿈을
구체적으로 정하자. 세계적인 명문 하버드대 도서관에 이런 글이
붙어있다. "지금 잠을 자면 꿈을 꾸지만, 지금 공부하면 꿈을
이룰 수 있다." 머리 동여매고 공부하자는 말 아니라는거
아실거라고 생각하고 사진인 여러분! 대책 없는 무작정 열정도
좋지만 자신에게 맞는 사진의 목표를 이룰 수 있도록 꿈을
가지는 것이 어떠신지. 하버드대 도서관에 붙어있는 명언 하나 더,
"오늘 할 일을 내일로 미루지 마라!"
설마 모레로 미루시는 분 안계시겠지요 ^^
- 사진인을 응원하며 -

삶이 버겁고 힘들다는 친구에게

우리의 삶은 하나의 산을 어렵게 넘으면 또 다른 산이
기다리고 있는 쉽지 않은 모습이지만 사는 것이 힘들다고 해서
모든 것을 포기하고 아무렇게나 살아도 된다는 것은 절대
아니겠지요. 누군가가 당신을 필요로 하고 지켜야 할
자리가 있다는 것만으로도, 앞을 가로막고 있는 그 산,
힘내서 또 넘어갑시다. 별이 보고 싶다면 어둠을
기다려야 하듯이 금방이라도 삶을 포기할 것처럼
견디기 어려운 일들도 자신의 자리에서 희망을 지니고
열심히 기다리다 보면 어려웠던 지난 시간들은,
별을 세듯 웃으면서 이야기할 때가 반드시 올 것입니다.
여러분 모두 힘내세요! 응원합니다.

Gotthard - Let It Rain

1991년 데뷔를 하면서 자신들의 조국 스위스에 있는 산 Gotthard(가타드)를 밴드 명으로 정하고 정통적인 유럽 스타일을 고수하지 않고 브리티시 록에 뿌리를 두어 영국적인 분위기를 구사하는 것이 조금 특이한 그룹이다. 메탈을 하면서도 서정적인 멜로디의 하드록을 깔끔하게 선보이며 자신들의 음악을 부담 없이 들려주었던 팀으로, Steve Lee(스티브 리)의 탁월한 보컬과 애절함이 돋보이는 세계적인 명곡 'One Life, One Soul'로 국내에서도 골수팬들이 상당하다. 2010년 5월 스티브 리가 오토바이 사고로 세상을 등지며 실의에 빠지는 안타까움이 있었지만, 오디션을 통해 음색이 비슷한 Nick Maeder(닉 메이더)를 새로 영입하여 꾸준한 활동을 통해 스티브 리의 죽음을 딛고 부활하며 그들만의 음악적인 퀄리티를 인정받고 있다. 스티브 리의 감성적인 음색이 아름다운 발라드, 'Let It Rain'

한계 限界

우리는 어떤 일에 대한 기대를 너무 크게 품었다가 원하는 결과가
나오지 않으면, 난 내가 봐도 부족하다며, 스스로를 가혹하게
비난하여 쉽게 아물지 않는 상처를 받곤 하는데, 자세히
들여다보면 자신의 능력을 잘못 판단하는 경우가 대부분이라는
것이다. 누구에게나 한계점은 분명히 있으며 이는 매우 인간적인
모습이라고 늦게라도 위로를 받았다면, 그다음 순서는 당연히
자신이 가지고 있는 그 한계점을 조금 더 상향으로 끌어올리려는
계획 속에서 잘못된 판단을 거울삼아 현실적으로 이뤄 낼 수 있는
나만의 가능성을 찾아야 한다.
리처드 바크는 『영혼의 동반자』에서 어떤 것을 한계라고 생각하면
그것은 실제로 자신의 한계가 된다. 라고 서술하는데,
이는 자신이 정한 한계를 벗어나려는 부단한 노력은
지금보다 더 많은 기회를 만들어 준다는 말일 것이다.

저는 왜 잘 안 될까요

청명하고 맑은 가을 하늘처럼 가볍지 못하고 마음이 무겁다고
생각하는 이유는 대부분 마음속에 내려놓지 못하는 무언가가
있다는 것인데, 우리는 복잡하고 험난한 세상을 살면서 때로는
상처를 입을 수도 있다. 그 상처로 생긴 억울한 마음을 내려놓지
못하고, 자신의 잘못된 처신으로 인해 비난 혹은 비웃음을 당하면
증오와 분노를 내려놓지 못하는 것은 자신의 잘못은 인정하지
않고 대부분 상처받았다는 것에만 신경을 쓰며 그 일이 초래한
불쾌한 감정에 사로잡히기 때문에 나를 지킨다는 미명 아래
과욕으로 치닫기 때문이다. 그 결과로 자신을 옭아매고 또다시
다른 사람에게 상처를 안겨주면서 생기는 늘 마음이 무겁지만
왜 무거운지를 인지하지 못하는 결과로 이어지고 까칠한 상처를
드러내고 살면서 시간이 해결해 주기를 기다린다. 시간은 우리네
삶의 자잘한 파편들을 멀리 가져가지만, 진실로 놓아주지 못하면
여전히 쌓여가는 진흙 속에서 발버둥 치는 또 다른 나를 발견하게
되는 것이다. 왜 잘 안 될까? 그냥 내려놓으면 될 것인데….

Beth Hart & Joe Bonamassa – I'll Take Care Of you

블루스 싱어송라이터인 Beth Hart(베스 하트)와 21세기 영혼을 울리는 천재적인 블루스 기타리스트 Joe Bonamassa(조 보나모사)의 콜라보 앨범 속에 들어있는 라이브 곡이다. 'I'll Take Care Of you'를 부른 Beth Hart는 때로는 포크의 느낌을 주다가도 소울의 느낌이 묻어나기도 하고, 때로는 제니스 조플린의 목소리를 연상하게 하듯 조금은 거칠고 거침없게 들린다. 또, 클래식 블루스를 부르는 그의 목소리는 바닥까지 끈끈하게 녹아내리는 듯하기도 한 묘한 매력이 있다. 보나모사의 애절한 감성에 젖어드는 블루스는 터널로 한없이 떨어뜨리는 느낌마저 준다. 이렇게 미친 듯한 그의 연주는 현존하는 최고의 기타리스트에서 살아있는 전설로 인정받을 날이 멀지 않았음을 실감할 수 있다. 두 뮤지션의 완벽한 블루스의 조화로 노래가 끝날 때까지 짜릿하게 만드는, 'I'll Take Care Of you'

고향이 그리운 날

고향은 아직 또렷한데 멀리 있어 만질 수 없고,
사진으로 바라본 토담 굴뚝에 모락거리는 연기만
어린추억 속에서 춤을 춘다. 어머님 보고 싶습니다.

삶의 무게에 짓눌려 잊고 살다가 한 해 두 해 나이가 들면서
문득 생각나는 고향은 어머니 품 같은 포근함을 안겨주는
태어난 곳이요, 모깃불 피워 논 평상에 누워 초롱초롱한
밤하늘의 별을 헤고 버들가지 불며 영글지 않은 꿈을 키우던
정겨운 곳이지만, 도심화로 점점 기억에서 사라져버리고
이제 사전에서나 찾을지 모르는 고향이라는 단어는 우리의
아이들에게 줄 수 없는 잃어버린 땅이 되는지도 모릅니다.
고향과 함께 어머니라는 애틋한 감정까지 모두 잊어버리는
것은 아닌지, 홀로 계신 아버님을 모시고 사랑하는
가족들과 함께하는 여행을 떠나면서 빈자리로 덩그러니
남아있는 어머니와 고향이 많이 그리운 날….

새로운 눈

새로운 사진을 찍고 싶다면
알려지지 않은 풍경을
찍는 것이 아니라,
풍경을 새롭게
바라볼 수 있는
눈을 가져야
하지 않을까.

살며 생각하며

비록 우리의 기대가
실현되지 않아도
아직은 우리의 기도와
꿈이 이루어지지 않아도
인생의 가장 큰 영광은
한 번도 쓰러지지 않는 것이 아니라
쓰러질 때마다 일어나는 것이다.

雖不現吳等之期待　수불현오등지기대
未成吳等之祈禱與夢　미성오등지기도여몽
人生之大榮　인생지대영
非不倒一　비부도일
起於倒時　기어도시

雜寶藏經 잡보장경　龍王偈緣 용왕게연 중
生也思也 생야사야 _{살며 생각하며}

Linda Ronstadt - A Donde Voy

일자리를 찾는 현대판 슬픈 Nomad(방랑자)들의 유랑은 미국과 멕시코, 캐나다 사이뿐만 아니라 유럽 국가들 그리고 동남아 국가 사이에서 지금도 흔하게 일어나는 일이다.

'A Donde Voy'원곡은 Tish Hinojosa(티시 이노호사)의 노래로, 남편을 찾아 불법으로 국경을 넘는 한 여인이 태양에게 기도를 하는 이야기를 담고 있다. 그녀는 죽음을 무릅쓰고 미국으로 돈을 벌러 간 남편이 제발 이민 당국에 잡히게 하지 말아 달라고 기도한다.

'A Done Voy'는 이렇게 사랑하는 당신 없이는 살아가는 의미가 없다는 애절한 사랑이야기를 퓨전 포크풍(멕시코 민요와 컨트리풍의 결합)으로 해석한 곡이다. 국내에서도 한때 유명했던 드라마(배반의 장미)에 주제곡으로 사용되어 많이 알려져 친숙한 곡이기도 하다. 안타깝게도 파킨슨병을 투병 중이여서 그녀의 새 노래를 다시는 들을 수 없게 되어버린 팝계의 귀족 Linda Ronstadt(린다 론스태드)의 목소리로 들어보는 'A Donde Voy(어디로 가야하나)'

현충일

거제 포로수용소 유적공원에서 담아온 호국 보훈의 달 6월,
나라를 위한 장병들의 뜨거운 젊음과 학도병들의 수많은
꽃봉오리가 다 피워보지도 못한 채 오직 나라를 위해 던져진
청운 꿈들이 아련하다. 옛 경비초소의 작은 유리문에 비추어진
철조망이 겹겹의 아픔으로 가득하고, 건너편 작은 건물에서
날아온 청운이라는 글귀가 반영되어 묘한 가슴 저림을 안겨준다.
지금도 알 수 없는 누구를 위한 이념 간의 갈등이었을까?
내일은 6월 6일 현충일인데 단순히 노는 날로 기억되어 가는
현실이 조금은 염려된다.

시간 박물관

지금은 비록 달릴 수 없는 추억의 증기 기관차
바퀴가 멈춰버린 시간을 보여주지만
무지개 색으로 연결된 일곱 칸의 객차 속에는 세계의
수많은 시계가 멈추지 않고 전시되어 있어서 놀랍고
쉴 새 없이 시계추를 돌리고 있는 사람 닮은
인형들을 보고 있노라면 참 많은 것을 느끼게 한다.
인류가 시간의 정확도를 위해 만들어 놓은 시계 틀 속에
우리 스스로 갇혀 그저 빨리 빨리만 노래하는 현대인들의
아이러니를 벗어나서 사랑하는 사람들과 함께하는
여유로움 속에서 시간의 소중함을 다시 한 번
생각하게 하는 귀중한 시간이 되었으면 좋겠다.

정동진 열차 Time 박물관을 다녀오면서…

Daughtry - What About Now

음악을 사랑하는 많은 사람들이 부담 없이 즐길 수 있는 Pop Rock(팝 록)의 테두리를 벗어나지 않은 범위에서 포스트 그런지와 팝을 고르게 오가며 결코 거칠지 않은 음악을 구사하는 Daughtry(도트리)의 노래로 어쿠스틱 버전을 통해서 조금은 로맨틱하고 서정적인 느낌으로 다가오지만, 가사에 담긴 내용은 세상에 산재하는 사회적 이슈들인 전쟁과 재난 속에 방치되어가는 기아와 빈곤으로 고통받는 이들을 위한 인도적인 도움과 사랑이 필요함을 알려주는 메시지다. 지금이 아니면 안 되는 것들, 지금 말하지 않으면 안 되는 것들, 지금이라는 시간을 놓치면 그건 지나쳐버린 과거가 될 것입니다. 다시는 돌이킬 수 없는 'What About Now'

무엇을 보고 있는가!

사진을 배우면서 카메라 메커니즘의 기초를 터득하고 나면
자신이 생겨서 무엇을 찍어도 작품이 나올 것 같은데
생각한 대로 사진이 나오지 않는다고 어려움을 호소합니다.
왜 의도한 대로 나오지 않는 것일까! 기술적인 문제인가?
장비의 문제일까? 여러 가지 이유가 있겠지만 저의 생각은
본질적으로 보는 것이 문제입니다. 사진으로 담으려는
피사체에서 원하는 느낌을 정확히 보지 못했기 때문에
생각대로 카메라에 담아내지 못하는 것이죠. 다시 말하면
사물을 정확하게 볼 수 있는 눈을 아직 갖지 못한 까닭인데
특히나 견고한 틀에 갇혀 고정관념으로부터 자유롭지 못하여
자신이 눈으로 보고 느낀 감성을 담아내지 못하는 것입니다.
사진을 잘 찍고 싶다면, 우선 고정관념에서 벗어나려는
엉뚱하고 기발한 발상과 지금 무엇을 보고 있는지에 관한
시선이 깊어질 수 있도록 자세히 보는 연습이 필요합니다.

무엇을 보고 있는가…

난 매일 길을 잃는다…

꿈꾸는 자

꿈은 반드시
꿈꾸는 자가 이룬다.

짧은 시간 속에 남겨지는
찰나刹那를 바라보면서
빛으로 담아낸 수많은
시간들이 여전히 나만의
사진 꿈으로 남아있다.

제2부 난 매일 길을 잃는다…

Will Young – Evergreen

최근에 우리나라에서도 유행하는 공개 오디션 바람을 타면서 아마추어들도 프로 못지않게 노래 잘하는 사람들이 많다는 걸 실감한다. 하지만 오디션으로 성공하려면 그 길이 너무나 멀고 험하다는 것은 누구나 아는 사실이다. Will Young(윌 영)은 2001년 영국의 한 TV 채널 공개 오디션에서 16주간의 어려운 오디션을 치르고 영광의 1위를 차지하며 팝계에 데뷔했다. 때론 미성의 소년처럼 감미롭게, 때론 청년같이 힘 있는 목소리로, 때론 사랑에 빠진 사람처럼 부드럽게, 때론 이별의 아픔을 아는 사람처럼 애절하게 자신의 목소리를 자유롭게 조율한다. 내 눈에 비친 당신은 이 세상에서 가장 아름다운 당신입니다. 내가 필요한 단 한 명의 사랑, 변함없도록 이 순간을 영원히 기억하고 싶다고 노래하는, 'Evergreen'

아름다운 계절

어느새 봄이 지난 듯
여름은 오지 않은 듯
하늘을 달리는 흰 구름
바람에 산들거리는 나뭇잎
누군가를 찾아가는 설렘처럼
 참 많이 아름다운 계절입니다.

평범한 일상

삶의 세파에 찌들려 절벽 앞에
선 고통스런 마음 일 때도
아무 일도 일어나지 않아
절박하지 않을 때에도
가장 현실적인 오늘이라는 시간은
누구에게나 동일하게 주어진다.
겨울 내내 움츠리다 놓아버린
작은 꿈들이 나른한 바람으로
얼굴을 간질이는 햇살 좋은 하루
누군가를 위해 잃어버린 꿈을
찾아줄 수 있는 평범한 일상이
소중하게 다가오는 봄날

Morgan James – Call My Name

미국 뉴욕 출신 싱어송 라이터로 브로드웨이 뮤지컬에서 다져진 가창력 속에 담겨진 매혹적인 목소리
가 블랙홀에 빠져 폭발할 듯 시원시원하고 몽환적이다. 조금은 설레고 나른하기도 한 봄날에 잘 어울리는
Prince(프린스)의 커버 싱글, Morgan James(모르간 제임스)의 'Call My Name'

가을 편지

푸른 연민으로 붙들고

붉은 사랑으로 태우다

서서히 지쳐갈 즈음

아프게 놓아버린 손

자꾸만 떨어지고

멀어지는 마음

키 높은

느티나무 사이로

남겨진 바람의 한숨

가슴 시리게 울지만

여전히 희미하게 들려오는

누군가의 노래 속에

아슬하게 매달린 연서

아직도 고운 사랑이라

불러보고 싶은 날

가뭄

봄볕 가뭄에 사체로 너덜거리는
붕어 비늘이 물여울 되어 반짝이고
거북이 등처럼 쩍쩍 갈라진 호수의 바닥이
어부들의 가슴을 태우다 무성한 풀밭으로 변했다
육십 평생 배를 탔던 마을을 걸어서 가자니
속살을 드러낸 진흙이 발걸음을 천근 무게로
잡아끄는 술에 취한 듯 비틀비틀 거리는 한낮
햇볕에 말라버린 어망 위로 주름살 가득한
어부 아내의 한숨소리가 길게 눕는다

Eric Clapton − River Of Tears

젊은 시절부터 달고 다녔던 기타의 신이라는 별명에 어울리는 그의 쵸킹 주법과 비브라토는 정확하고 절제된 테크닉으로 다른 연주자들이 감히 흉내 내기 어려운 풍부한 감정을 담아낸다. 에릭 클랩튼은 사랑하는 아들을 자동차 사고로 잃어버린 슬픔을 피눈물로 노래한 'Tears In Heaven'을 통해서 자신을 부활시키며 노장의 아름다운 기타를 들려주는데, 가슴에 묻어둔 아들에 대한 그리움을 거두지 못해 깊은 슬픔의 강이 다시 탄생한다. 낮게 울려오는 드럼 베이스와 슬로우 핸드에서 오는 진한 여운이 오랫동안 가슴을 뭉클하게 하는 'River Of Tears' 신이시여 저는 언제까지나 이렇게 도망쳐야 하는지요.

윤회

변해가는 삶의 무상함을 따라
흐르는 구름들의 윤회輪廻와
시간을 붙들지 못해 울고 있는
여린 나뭇잎을 다독이는 바람의
사랑 노래를 꾸밈없이 담아내어

무심코 내 마음의 창을 간결히
들여다보는 누군가의 가슴에
남겨지는 선명한 빛이 되리라

누군가의 메마르고 갈라진 가슴을
적셔주는 희망의 물방울이 구르는
아름다운 인연因緣이 담겨 있는
그런 투명한 사진을 찍고 싶은 날.

파도

누군가 놓아버린
힘들었던 시간들이 쌓여
조금은 거친 포말로 달려오지만
단 한 번도 똑같은
그림을 그리지 않고
서로를 포옹하는 파도는
또 다른 가슴에
설렘을 담아주듯 그렇게
은빛 비단을 만들며
그리움으로 밀려온다.

Marc Anthony & Jennifer Lopez – No Me Ames

스페인어로 양념이라는 의미를 지닌 salsa(살사)는 다이나믹하고 열정적인 라틴 춤곡을 말한다. 역사적으로는 쿠바인들에 의해 인권 문제가 대두되며 범 라틴권 전체의 노래로 격상된 장르이며, 질긴 뿌리를 바탕으로 푸에르토리코의 슬픔이 담긴 음악을 말한다. 1991년에 데뷔하면서 현재까지 살사의 전통을 이어가고 있는 Marc Anthony(마크 앤소니)는 우리가 생각하는 라틴에 대한 편견을 깨트리는 탁월한 팝 감각이 있다. 그의 목소리에서는 정열과 사랑과 슬픔을 대변한 라티노의 원초적인 감성으로 노래하는 로맨틱함을 느낄 수 있다. 또한, 때로는 봄바람같이 살랑거리다가도 뜨겁게 변해 가슴을 후벼 파는 힘이 있다.
그의 사랑스런 아내 Jennifer Lopez(제니퍼 로페즈)와 함께 노래하는, 'No Me Ames'(날 사랑하지 마세요)

가을 사랑

가을엔
아무것도
묻지 말고
그냥 사랑하세요.

Amazing Blondel – Shepherd's Song

영국 왕 리처드 1세의 음악사 이름을 딴 Amazing Blondel(어메이징 블론델)은 J.Gladwin(존 글래드 윈)과 T.Wincott(테리 윈콧), 기타와 보컬을 맡고 있는 Edward Bair(에드워드 베어드) 세 명의 멤버로 구성되어 있다. 전통적인 영국 록(브리티쉬)의 정서가 깊게 깔려있는 중세 분위기의 낭만을 담아 고전적이면서 조금은 느슨한 어쿠스틱 포크 밸런스를 세련되게 들려주는 실내악풍의 앙상블이 매우 서정적이다. 특히 이들의 데뷔앨범에 수록되어 영롱한 기타를 기분 좋게 실어오는 'Love Sonnet'는 후일 Paper Lace가 자신들만의 감미로운 버전으로 발표하여 세계적인 사랑노래로 자리한 'Love Song'의 원곡인데, 원판이 워낙 희귀해서 일부 팝 매니아를 제외하고는 거의 알려져 있지 않다. 12현 기타의 감미로운 아르페지오와 애잔한 플롯으로 시작하는 긴 포크 넘버로 멜로디가 아름다운 목동의 노래, 'Shepherd's Song'

등꽃

하늘거리는

꽃잎을 입고

작은 버선발로

임 마중을 가는

등꽃이 피었습니다

사뿐사뿐 오월을 거닐다

임 사랑에 취해버렸습니다

사랑이 녹아내린 호수

행여 부서질까
노심초사 작은 씨앗들을
온몸으로 품어내며
조건 없이 베푸는
사람의 눈을 들여다보면
그 안엔 크기를 가늠할 수 없는
커다란 나무가 있고 푸른 하늘과
사랑이 녹아내린 호수가
꿈결처럼 담겨 있다.

Shayne Ward - Stand By Me

Shayne Ward(쉐인 워드)는 영국의 ITV에서 2004년부터 방영했던 음악 오디션 프로그램인 X-FACTOR(엑스-팩터)에서 우승하며 주목받은 스타이다. 잘생긴 외모와 파워 넘치는 가창력을 겸비해 여성 팬들로부터 절대적인 지지를 받고 있는데, 어렵게 생활했던 가족들을 늘 가슴에 담고 있어서 단 한 번도 잊은 적이 없다고 말하기도 했다. 이처럼 마음이 따뜻한 그는 오직 자신이 사랑하는 사람들을 생각하며 감정을 실어 노래한다고 말한다.

내가 지쳐갈 때 힘이 되어주는 당신, 내 곁에 있어주세요. 'Stand By Me'

바람꽃

바람 속에 감추어진
그대의 먹먹한 숨결
꽃잎 되어 흔들리면

몇 방울의 눈물로는
채울 수 없는
빈 가슴
침묵으로 저려오고

부질없는
그리움
잠들지 못하고
허공 속
무덤에 묻힌다.

무색으로 흔들려서
가둘 수 없는 말보다
차라리
기다리는 일이
더 쉬운
바람 부는 날

제목 : 바람꽃
시낭송 : 박영애

스마트폰으로 QR코드를 스캔하면
시낭송을 감상할 수 있습니다.

해오라비 난초

꿈속에서도
당신을
생각하는 꽃
해오라비 난초
꽃이 피었습니다.
눈부신 새하얀
날개를 펴고
사랑하는
당신을
찾아가는
신비스럽고
아름다운 꽃

Natasha St-Pier - Je N'ai Que Mon Ame

나타샤 세인트 삐에르는 캐나다 태생으로, 유럽에서 잘 알려진 프렌치 팝 가수다. 섬세하면서도 호소력 있는 보이스와 슬프게 다가오는 바이브레이션이 더욱 아름다운 곡이다.
사랑하는 이에게 전해주고픈 자신의 사랑을 차마 말 못 하는 안타까운 마음을 노래하는,
'Je N'ai Que Mon Ame'

가을이 남겨진 자리

가을이 머물렀던 자리 비가 내린다.
길 위 긴 여운으로 굴러다닌 시간과
눈부신 햇살로 나누었던 이야기들이
저마다의 추억을 포옹하듯 담겨 있다

외롭지 않아도 가슴을 가득 채우는
아프지 않아도 차오르는 이 고독감
오직 그대에게 매달렸던 짧은 사랑
봉지 안에 작은 고백으로 갇혀 있다
견딜 수 없는 그리움은 아니라 해도
샘물처럼 여전히 그대를 꿈꾸는 날
비가 내린다
가을이 남겨진 자리에.

제목 : 가을이 남겨진 자리
시낭송 : 박영애

스마트폰으로 QR코드를 스캔하면
시낭송을 감상할 수 있습니다.

추 별리 秋別離

누군가를
사랑한다는 것은
달려오는 기차를
몸으로 막아내는
기분이라고 하니

어차피 떠나갈
가을
그냥 보내기로 했다

Amy Sky - Soledad(연희의 테마)

Amy Sky(아미 스카이)는 올리비아 뉴튼 존, 신디 로퍼, 다이아나 로스, 앤 머레이 등 유명 가수들에게 맞는 곡들을 제작해주었던 캐나다 출신의 싱어송 라이터이며 1966년에 데뷔하여 'I Believe In Us'와 Jim Brickman(짐 브릭만)의 피아노 반주에 'G선상의 아리아'를 편곡해서 부른 'Love Never Fails'로 많이 알려진 가수이기도 하다. 스페인어로 외로움이라는 뜻이 있고 국내 TV드라마 종이학의 메인테마로 사용되면서 연인들의 가슴을 깊은 고독으로 빠뜨렸던 슬픈 연가, 'Soledad'(솔레다드)

주목朱木

고사목의 목선을 파고드는
매서운 겨울바람을 견뎌내며
살아 천년 죽어 천년이라는
별명을 지닌 채

날카로운 중봉의
품 안에 당당하게 서 있는
주목의 기품 사이로

아름다운 노을이
선물처럼 다가오는
빛의 그림을 놓칠세라
시린 손 시간을 붙든다.

덕유산德裕山이
온전히 지닌
덕과 너그러움을
닮아가기를 희망하던 날

여행

일상을 벗어나서
조금은 낯설지만
새로운 곳에 대한
낭만과 호기심은
여행이라는 단어를
생각하는 것만으로도
가슴을 설레게 합니다.
가끔은 우리들의 삶이
그냥 홀가분하게
훌쩍 떠날 수 있는
그런 여행이었으면
정말 좋겠습니다.

Bee Gees - Be Who You Are

70년대 중반부터 후반에 이르기까지 디스코 열풍을 일으키며 음악계에 큰 기여를 한 그룹이다. 이전에는 서정적인 곡들로 이미 성공하였으며, 베리 깁, 로빈 깁, 모리스 깁으로 구성된 친형제 트리오였다. 이 곡은 디스코의 물결이 유행을 벗어날 즈음 Bee Gees가 예전의 발라드 분위기로 재정비하여, 1981년 앨범 "Living Eyes" 맨 마지막 트랙에 실어 그동안 그들의 음악이 가볍다는 편견을 깨트리며 호평을 받은 명작이다. 개인적으로도 이들의 노래 중 가장 좋아하는 곡이다. 사랑스런 가사 위에 아름답게 떠다니는 감미로운 하모니와 오케스트라의 웅장한 스트링이 압권인, 'Be Who You Are'

만재도

만. 가. 지
재. 물. 을
휘. 감. 는
보. 물. 섬
그. 곳. 에
바. 람. 을
보. 았. 다

Leonard Cohen — A Thousand Kisses Deep

다소 황량하고 침울한 가사와 더불어 극히 저음인 음성과 기승전결이 빈약한 멜로디가 주는 단조로움은 음악적인 호소력에 제한적인 요소로 작용하였다. 그럼에도 Leonard Cohen(레너드 코헨)은 50여 년간 사랑과 종교, 우울, 자살, 정치, 전쟁 등을 주제로 2,000곡이 넘는 노래를 발표하여 인간성에 대한 밀도 있는 이해를 이루어냈다. 그는 삶의 번민에 대한 통찰을 투영한 철학적인 사색을 녹여내며 '대중음악의 음유시인'이라는 통속적인 정의를 넘어 현대의 사상가로 추앙받기도 했다. 그런 그가 82세(2016년 11월 10일)의 일기로 사망했다. 전설적인 시인이자 예술가로 음악계에서 가장 존경받던 공상가를 잃어버린 깊은 슬픔을 그의 곡을 들으며 애도하고자 한다. 수많은 노래 중 가장 난해하면서도 철학적인 가사와 더불어 코헨만의 매력이 물씬 풍기는 명작, 'A Thousand Kisses Deep'

봄

차가운 물속에서
겨울을 견디고
새싹의 꿈을
열어주는
나무와
봄빛
길...
삶의
무게를
떨어내고
힘든 아픔을
인내하는 자의
눈부신 길이라고

가을 시詩

삶이란 늦가을 같은 시라고 했다.
그렇게 고독처럼 불타버린다고 했다.
허공 속에 한줌 바람같은 거라고 했다.
지나고 나면 단 한숨의 꿈결이라고 했다.
순식간에 사라질 뜬 구름 같은 거라고 했다.
잠시 머물다 이별하는 허무 같은 거라고 했다.
언제나 낮고 더 낮은 곳에 겸허히 있으라 했다.
어차피 혼자여서 사람들은 외로움이라고 했다.
속으로 참아 조용히 울음 하는 것이라 했다.
이별해야 하는 나무처럼 침묵하라고 했다.
어떤 인생이든 아픔은 꼭 있다고 했다.
손에 꼭 쥐지 말고 놓아주라고 했다.
가을비가 내리면 보내주라고 했다.

Helloween − A Tale That Wasn't Right

Helloween(헬로윈)은 독일을 대표하는 파워 메탈(Power Metal) 그룹으로 국내에 팝 음악이 크게 성행했던 1980년대에 유럽메탈의 진수를 알려주었다. 원래 밴드명인 Halloween(할로윈)에서 헤비메탈 그룹의 이미지에 걸맞는 지옥(Hell) 이라는 단어가 들어간 Helloween(헬로윈)으로 밴드명을 바꾸어 활동하였고, 아직까지도 수많은 팬들을 거느리고 있다. 인기가 조금씩 상승하면서 잦은 공연 속에 기타 연주와 함께 보컬을 담당해야 하는 부담을 느꼈던 리드보컬 카이 한센은 전담 보컬리스트의 필요성을 느끼고 새로운 보컬리스트인 미카엘 키스케를 영입한다. 이 곡은 영입 당시 십대였던 미카엘 키스케가 보컬리스트로 부른 곡이다. 완성도가 강한 힘 있는 메탈의 폭력성과 그 속에 감추어진 절제된 감성으로 부르는 멜로디, 명확한 리듬이 주는 슬픈 여운은 꽤 오랫동안 그들에게서 헤어 나올 수 없는 발라드로 만들었다. 젊음이라는 섣부른 용기와 힘만을 믿고 내가 할 수 있다는 만용으로 달려들었다가 한계점에 부딪혀, 일어나기를 잊어버린 듯이, 그렇게 며칠이고 쓰러진 채 들었던 노래였다. 젊다는 것을 함부로 해서는 안 된다는 것을 알게 해준 처절한 노래, 'A Tale That Wasn't Right'

대청호반

안개 속으로
소리 없이 달아나는 가을이
여전히 아름다운 것은

그대 때문에 생겨난
그리움 하나….

가슴에 깊이 묻어야 하는
그리움 둘….

늘 곁에 있지만 만질 수 없는
그리움 셋….

말이 없는 그대 때문에 알 수 없는
그리움 넷….

매일 방황하는 가슴에 무작정 쏟아지는 그리움 다섯….

대청호반에 남겨진 그대가
아직 그리움으로
남아 있기 때문이다.

제목 : 대청호반
시낭송 : 박영애
스마트폰으로 QR코드를 스캔하면
시낭송을 감상할 수 있습니다.

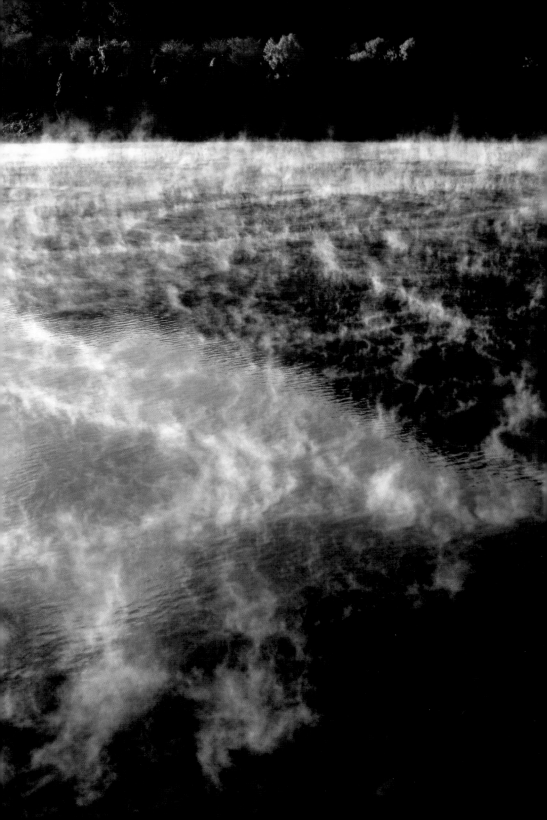

설화

백록을 넘나들며
하얀 옷 사이로
간지럼을 태우는
바람소리는 한라의
전설을 노래하고
너울거리며
혼신의 춤을 추는
구름의 광채는
구상나무에 매달려
설화를 피워내지만,
송이마다 감추고
말하지 못하는
눈꽃 사랑은
솜털 같은 그리움 되어
빈혈처럼 날아다닌다.

Francis Goya – Goodbye Mosco

낭만적인 분위기를 앞세우며 블루스와 클래식, 팝과 재즈까지 다양한 스타일로 자신만의 연주를 알려온 벨기에 출신의 기타리스트, Francis Goya(프란시스 고야)가 1980년대 초반부터 러시아 음악에 깊은 관심을 가지면서, 러시아 작곡가 알렉산드라 파크무토파의 작품 12곡을 기타로 재현한 2002년 작, "A Tribute to Alexandra Pakhmutova"에 담긴 연주곡이다.

남성 합창단의 장엄한 코러스 속에 담긴 러시아의 서정과 영롱한 기타의 선율이 아름다운, 'Goodbye Mosco'

나목

청춘처럼 떨려오던 시간들이
한 줌의 바람처럼 무심히 떠나간다….

함께여서 잠 못 이루던 숱한
푸른 약속들 붉고 노랗게 흩어진다….

퇴색한 영혼을 담아갈 가슴에
검붉은 서러움만 무수하게 쏟아진다….

끝끝내 잊히지 않을 그리움
벌거벗은 나목의 뿌리까지 남아 있다….

제목 : 나목
시낭송 : 박영애
스마트폰으로 QR코드를 스캔하면
시낭송을 감상할 수 있습니다.

준비된 매일

우리는 지나버린 추억을 그리워하고,
때로는 잘못된 선택 때문에
버리고 싶은 오늘을 뉘우치며
힘들어하기도 하지만,
오늘보다는 내일이 반드시
좋아질 거라는 확신 때문에
가끔씩 희망이란 단어에
속으면서도 또다시 손을
내미는 희망을 뿌리치지 못한다.

마냥 불확실한 미래를 기다리는
것보다는 오늘을 후회하지 않을 수 있게
늘 새롭게 준비하고 신선하게
맞이하는 좋은 선택의 자세로,
조금 더 진지한 하루를 가꿀 때,
우리를 속이지 않는 희망은
준비된 매일을 딛고 가장 낮은
곳에서부터 가장 크게 이루는
꿈으로 서서히 떠오르지 않을까

오직그대

보일 듯이 보이지 않는 아련함
그 속에 감춰진 오직 그대는
고뇌로 흘러가는 시간을
침묵으로 거부하지만

숨죽여 빠져드는
적막의 늪에서
허우적거리며
눌러야 하는
가슴의 눈물을
처연히 견뎌내며
수정처럼 아름답게
빛날 수 있게 하는
내 안의 그대라는 이름

파도보다 더 크게 밀려오는
그리움을 더욱 그립게 만들어준
실체는 오직 하나만 간직하고 있는
피안彼岸에서 찾고 싶은 그대입니다

제목 : 오직 그대
시낭송 : 박영애

스마트폰으로 QR코드를 스캔하면
시낭송을 감상할 수 있습니다.

Madrugada – Honey Bee

Madrugada(마드루가다)는 리더 싱어이자 어쿠스틱 기타리스트인 지베룻 호이엠을 비롯해 프로데 야곱센 (bass), 로베르트 부뤼스(guitar)로 1995년 결성된 3인조 노르웨이 얼터너티브 록 밴드이다. 80년대 중반부터 후반까지 많은 인기를 얻었던 그룹의 노래를 들어보자.
Madrugada의 잔잔한 사랑노래, 'Honey Bee'

봄 꽃

눈

감아도

피어나는

사랑 향기

그대 때문에

내 마음도

화사하게

피어난

봄

사랑을 위한 작은 준비인 것을

사랑은 행복을 위해 있는 것이 아니라
우리가 얼마만큼 슬픔과 고뇌를 잘 견디어
낼 수 있는가를 보여주기 위해 있는 것처럼

이해와 사랑을 얻기 위해서 기쁨보다는
슬픔을 더 많이 만나는 것이 어쩌면
우리에게 당연한 일인지도 모르며 비록
그렇게 만나는 아픔의 무게가 크다 하여도

그 고통이 지난 후에는 그것이 내 삶의
아주 작은 부분에 지나지 않을 것이고
결국 우리들의 가슴에 아름다운 사랑을
맞이하기 위한 떨림이며 작은 준비인 것을

제목 : 사랑을 위한 작은 준비인 것을
시낭송 : 박영애

스마트폰으로 QR코드를 스캔하면
시낭송을 감상할 수 있습니다.

사랑을 위한 작은 준비인 것을...
장영실

사랑은 행복을 위해 있는 것이 아닌 우리가 얼마만큼 슬픔과
고뇌를 잘 견디어 낼 수 있는가를 보여주기 위해 있는 것처럼
이해와 사랑을 얻기 위해선 기쁨보다는 슬픔을
더 많이 만나는 것이 어쩌면 당연한 일인지도 모르며
비록 그렇게 만나는 아픔의 무게가 크다 하여도 그 고통이 지난 후에는
그것이 내 삶의 아주 작은 부분에 지나지 않는다는 것을.....
결국 우리들의 가슴에 아름다운 사랑을 맞이하기 위한
설렘이며 작은 준비인 것을.....

가을의 끝

누군가에게

또 하나의 화려한

기억으로 자리할

가을의 그 끝을 보았다

마지막까지 아름다운

그들의 애잔한 몸짓을

Dyango — Morir De Amor

샹송계의 영원한 보헤미안(자유로운 시인)으로 불리고, 풍부한 감성과 때론 시원스러운 가창력의 소유자이며, 앨범이 100여 장이 될 정도로 오랫동안 라틴팝의 정수를 보여준 사람이 있다. 재즈 기타리스트 Django의 음악에 깊은 감명을 받고 자신의 이름을 바꾸면서 스페인의 국민가수로 추앙받는 라틴계의 거목, Dyango(디앙고)이다. 한때 국내 샹송 애호가들 사이에서도 회자되었던 'Isabelle'(이사벨)이라는 노래로 잘 알려진 아르메니아 출신의 샹송 가수, 샤를르 아즈나부르의 명곡을 재해석한 Dyango(디앙고)의 매력적인 라틴음악 속으로 잠시 빠져보자. 'Morir De Amor'(죽도록 사랑해서)

내 안의 그대

내 안의

그대 때문에

난 매일

길을 잃는다

내일은 찾을 수 있을까···

칠판

칠판 우측 하단에 삐뚤거리는 분필로 쓴 글 중에
자주 보였던, 떠든 사람 장영길, 조금택, 유일권
짝꿍이 넘어오지 못하게 하려고 책상에 줄을 긋고
친구의 의자를 몰래 빼내어 엉덩방아를 치며 웃는
수업시간에 선생님 몰래 도시락을 까먹다 들켜서
손 들고 복도에 꿇어 앉아서 벌을 서던 못 말리는
개구쟁이였던 추억의 그 시절엔 인생이 무엇이고
현실에 적응하여 삶을 어떻게 살아야 하는지 같은
생각 없이 그저 하루라도 빨리 어른이 되고 싶었던…
이제 다시는 돌아갈 수 없는 초등학교 어린 시절이
저 오래된 칠판 속에 추억으로 남아 그리워진다.

The Savage Rose - For Your Love

2000년 미국의 미시시피(Mississippi) 주의 한 도시 Kokomo(코코모)에서 백인 소녀와 교제 중이었던 흑인 소년의 죽음을 통해서 인종차별을 알리는 모티브가 된 추모 노래이다. 60년대 북유럽 음악계의 절대적인 5인조 혼성 록 그룹 'The Savage Rose'(더 새비지 로즈)의 독특한 분위기와 보컬리스트 Annisette(애니세트)의 폭넓고 깊이 있고 저음의 담담한 음성은 듣는 느낌에 따라 조금은 어둡고 무거운 느낌을 준다. 고음부로 이어지는 바이브레이션에서 굵고 허스키한 부분이 가슴 깊은 곳에서 우러나오는 강하면서도 절제된 호소력을 보여준다.

어쩌면 우리 인간의 모든 고통과 슬픔을 담고 있는 듯 묘한 매력을 발산하며 허무 속으로 잊혀져가는 수많은 얼굴들을 떠올리게 하는, 'For Your Love' 당신의 사랑을 위해서

봄날

맑은
하늘이지만
어딘가가
비어있는
애잔한
봄날….

자존심

자존심을
지킨다는 것

누구나 경계하는
바르지 못한 부분과
절대 타협하지 않으며

스스로 가치를 높이고
굳건함을 지켜가기 위한
자신과의 고독한 싸움에서
반드시 이겨내야 생기는 마음

Terez Montcalm — Sorry Seems To The Hardest Word

Terez Montcalm(테레즈 몽캄)은 캐나다 출신의 여성 보컬로 자세히 들으면 Norah Jones(노라 존스)와 전설의 팝 싱어 Janis Joplin(제니스 조플린)의 목소리를 혼합해 놓은 듯한 허스키 보이스가 독특하게 다가온다. 재즈 마니아인 아버지의 영향을 받아서인지 상당히 어려운 재즈를 기본으로 한 노래를 많이 부르고 있다. 특히 대중적으로 많이 알려진 나탈리 콜의 'Love'와 유리드믹스의 'Sweet Dreams'를 비롯하여 지미 헨드릭스의 'Voddo Child' 등 팝의 고전뿐 아니라 'Close Your Eyes'와 같은 스탠다드 재즈를 고품격 스윙재즈로 읊조리듯 노래하기도 한다. 지금 소개할 엘튼 존 원곡의 'Sorry Seems To The Hardest Word'는 어쿠스틱한 기타 반주와 함께 몽캄만의 몽환적인 보이스가 매력적이다.

기존 리메이크 곡들과는 차원이 다른 특별한 감동을 주고 있는, 'Sorry Seems To The Hardest Word'(세상에서 가장 하기 힘든 말은 사랑하는 사람에게 미안하다는 말)

이슬

그대 없는 차가운 기운으로

밤새 자라나는 애타는 마음

사무친 눈물이 되어 영글고

간간이 일렁거리는 잔바람에

떨어질까 놀라는 나를 버려서

투영된 그대와 하나가 되리니

금방이라도 해 뜨고 연기처럼

사라져 버릴 짧은 추억이라도

기쁨으로 견디며 간직하리다.

설령 이것마저도 꿈이라 해도

통증 痛症

마음을 볼 수 없는 바람 같은 인연 속에

다 말하지 못하는 사연 허공 속에 맴돌다

그대에게 전할 수 없는 말이 되어 버리고

슬픔만 꾸역꾸역 삼키며 한없이 무너지는

시간을 밟는 걸음 어둠 얕게 깔린 하늘에

짝 잃고 갈 곳 없는 새처럼 결국은 혼자서

다 말하고도 다 채우지 못하는 빈 가슴만

휘청거린다, 스러진 알 수 없는 바람 같은

그대를 생각하는 것만으로도 깊고 무거운

통증에 눌려서 움직일 수 없는 아픈 가슴

Black Sabbath - She's Gone

약간은 신비주의적인 검은 안식일이라는 이름을 내세우며, 시대와 타협하지 않고 오직 헤비메탈의 한 길을 고집했던 BLACK SABBATH(블랙 사바스)가 1976년에 발표한 여덟 번째 앨범(Technical Ecstasy)은 초창기에는 참으로 구하기 어려운 앨범 중 하나였던 것으로 기억한다. 1980년대 당시 300~400원이면 구할 수 있던 해적판(불법 복제판)조차 몇만 원씩 웃돈을 얹어도 구할 수 없던 희귀 앨범에 수록된 곡으로 이들의 'Changes'와 함께 대표적인 록발라드다. 당신 없이는 이 세상을 살아갈 자신이 없다고 노래하는 오지 오스본의 우수에 찬 보컬을 감싸 도는 클래식한 분위기가 사랑하는 여인을 기다리는 안타까운 마음을 잘 보여주는 서정적인 넘버이다. 40여 년이 흐른 지금도 여전히 슬프게 가슴을 파고드는, 'She's Gone'

꽃무릇 石蒜

하늘을 보면 당신을 볼 수 있을까
핏빛 그리움으로 설레듯 피우지만
본 적 없는 서러움만 알알이 맺혀 있네.
일생에 만날 수 없다고 하니 처음부터
이별은 아니건만 처연히 번져오는 아픔을
물고서 붉은 울음을 토하는 석산石蒜,
본래 한 길로 정해진 운명이 아니라면
스치듯 바람이 전해줄 당신의 향기라도
간직할까, 끝내 상사병으로 죽을지라도.

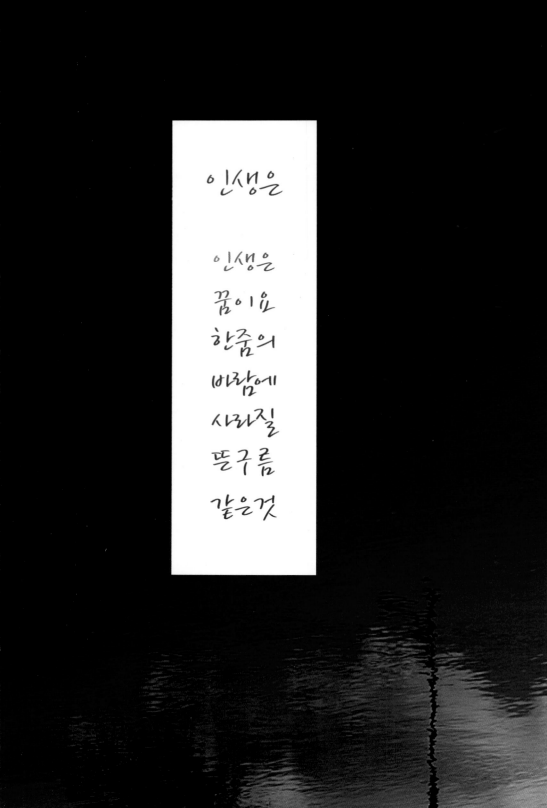

인생은

인생은
꿈이요
한줌의
바람에
사라질
뜬구름
같은것

Fleetwood Mac - Songbird

『Rumours』는 영국 출신 혼성 5인조 Fleetwood Mac(플리트우드 맥)이 데뷔 10년 만인 1977년도에 발표하여 총 2,500만 장의 경이로운 판매고를 기록하면서 1978년 가장 많이 팔린 레코드로 기네스북에 등재된 앨범이다. 예술적인 부분과 상업적인 부분을 모두 장악해버린 명반으로도 알려져 있다. 이 곡은 국내에서도 많은 사랑을 받았던 'Dreams'와 함께 수록된 곡으로, 키보드와 보컬을 담당한 Christine McVie(크리스틴 맥비)가 직접 작곡하여 자신의 심정을 피아노 건반 위에 아름답게 풀어낸 노래하는 새, 'Songbird'

맥비는 올해(2017년) 74세의 나이라고 하니 역시 세월을 거부할 수 없음이 느껴진다.

필연

자연이 만들어 준 필연 중에
꼭 만나야 할 운명이 있다면
꽃과 나비가 아닐까 합니다.
때로는 비바람의 힘든 여정 속에서도
신이 내려주신 아름다운 만남은
그렇게 향기로운 꽃을 피워내고
탐스런 열매를 맺게 하는 숙명처럼
필연으로 만난 아트피아의 모든 분들이
가장 이상적인 사진 예술의 길을 함께
갈 수 있는 소중한 인연이면 좋겠습니다.
사진예술의 길이 우리 모두에게 삶의
여유가 되는 아름다운 그런 인연으로….

구름 좋은 날

푸르고
맑은 하늘
둥실거리는 구름

바람이 그려놓은
어설픈 독수리
겁 많은 토끼

하늘에 펼쳐진
동화의 나라
구름 좋은 날

Hanne Boel - Standing On The Edge Of Love

덴마크 코펜하겐 출신인 Hanne Boel(한느 보엘)은 미국의 버클리 음대를 졸업한 엘리트답게 소울과 블루스, 재즈와 샹송, 록 컨트리에 이르기까지 여러 장르를 완벽하게 넘나들며 중성적인 매력을 발산한다. 탁월한 가창력으로 현대적인 감성을 들려주는 Hanne Boel(한느 보엘)의 'Standing On The Edge Of Love'(사랑의 절벽)

매화

기나긴 한숨으로
견디어 낸 차가운 설움

다섯 잎의 하얀 순결로
청결한 지조志操되어 물들이고
임 향한 춘정春情은
도량道場에 덧없이 넘쳐나니

수줍은 얼굴 들킬세라
황급히 낙화落花를 어루만지는
매향梅香의 절개節槪는
또다시 긴 인고忍苦를 마주하고

멈출 수 없는 그리움이
얼마나 큰 아련함인지
부질없는 기다림이
얼마나 큰 슬픔인지
남겨진 임은
알 수 있을까….

제목 : 매화
시낭송 : 박영애

스마트폰으로 QR코드를 스캔하면
시낭송을 감상할 수 있습니다.

시인의 가슴으로

자꾸 놓아버리는 가지 끝에
위태롭게 매달린 가을이
아직 가슴 시리도록
아름다운 것은

속절없이 그대의 뿌리로
다시 돌아갈 수 있는
달빛 닮은 그리움이
있기 때문이라고

애모愛慕에 헐벗은
시인의 가슴으로
마냥 우겨보는
몇 줄의 독백獨白

Samy Goz – Come Vorrei

Canzone(칸초네)는 가요와 노래를 의미하며 일반적으로 오페라의 아리아와 같은 클래식 곡을 제외하고 대중들이 널리 애창하고 있는 이탈리아의 대중가요를 말한다. 이 곡은 이탈리아 가수이면서 동시에 칸초네를 비롯해 샹송과 라틴 팝 등을 빅밴드 편성의 스윙 스타일로 녹여내어 주목을 받았던 라틴 팝 뮤지션 Samy Goz(새미 고즈)가 직접 만든 곡이다.

애잔한 멜로디와 거친 듯한 허스키 보이스가 깊어가는 가을에 잘 어울리는 매력적인 곡, 'Come Vorrei'

노을

바이올린 선율

닮은 잔잔한 비

온종일 내리더니

소리 없이 움직인

빛들을 밟고 일어나

검붉은 빛을 토해내고

뒤도 돌아보지 않는

그 뜨겁던 태양은

또 다른 내일을

담기 위해서

떠나는가

유리 꽃향기

칼끝 바람을 타고
가슴을 서럽게 씻어내던
그대를 모질게 보내면서

아직은 서투른 꽃의 언어로
위태로운 노래를 불러보지만

다 보내지 못한 미련 때문에
속절없이 달려드는 메아리를
타고 들려오는 삶의 모진 질문들

휘청거리는 시간과 고독으로
넘어진 붉은색 화단에
향기 없이 피어나는
유리 꽃의 날카로운 향기를
아름답게 피어내는 일은

너와 내가 아닌 우리가
함께 나누어야 할 소중한 몫 ….

제목 : 유리 꽃향기
시낭송 : 박영애

스마트폰으로 QR코드를 스캔하면
시낭송을 감상할 수 있습니다.

Greg Lake - Epitaph (King Crimson)

'Epitaph'는 오리지널 곡은 아니지만, 베이스를 담당했던 Greg Lake(그렉 레이크)의 심오한 목소리가 삶과 죽음에 대한 독백으로 전해오는 너무나 유명한 노래이다. 어찌 보면 인생은 자신에게 주어진 시간 동안 배를 타고 강을 건너가는 것과 같아서 강 저편에 닿으면 배를 놓아두고 뭍으로 올라가서 마을로 걸어가듯이 인생을 마무리 지어야 함을 노래한다. 세속에서 온갖 때 묻은 육신은 버리고 가야만 하는 배요, 깨끗한 영혼은 마을로 들어가는 나그네인 것이다. 인생은 나그네라. 훗날 자신의 이름 앞에 새겨질 또 하나의 이름이 누군가의 마음에 오래 머물 수 있는 아름다운 이름으로 살다 갈 수 있기를. 'Epitaph'(King Crimson)

봄날은 간다

빛이 정성으로 피워낸 꽃이라 할지라도
그 향기가 영원할 수 없듯이
한곳에 머물지 못하는 바람을 따라
화려한 꽃잎도 퇴색되어 간다.

한때 모든 것은 반드시 변한다는
진리를 익히지 못하고 그저
잊혀져 간다는 가슴 때문에
열병처럼 앓아야 했던 시절,

아프니까 청춘이라는 말이
아련해서 오히려 더 많이
아름다웠던 봄날의 기억들이
노래 속에 머물러 있는 시간
봄날은 또 그렇게 간다….

제목 : 봄날은 간다
시낭송 : 박영애

스마트폰으로 QR코드를 스캔하면
시낭송을 감상할 수 있습니다.

그대 생각

여행이 좋다.
바닷길이 좋다.
푸른 하늘이 좋다.
갈매기 노래가 좋다.
여울 타는 파도가 좋다.
섬 향기가 나는 바람이 좋다.
어미 살을 깨트리는 새싹이 좋다.
해지는 선유도 명사십리 금빛이 좋다.

아니, 눈을 감아도 선명하게 보이는
내 안에 가득 찬 그대가 좋은 것이겠지!

– 고군산열도 선유도 사진 여행 중에서 –

Nana Mouskouri — Erev Shel Shoshanim

'가시리 가시리잇고 바리고 가시리 잇고 날러는 엇디 살라하고 바리고 가시리잇고….' 이별가 '가시리'는 사랑하는 임과의 이별에 대한 정한을 간결한 형식과 소박한 어조로 애절하게 담아낸 고려가요다. 1977년, 명지대학생 이명우 님이 청산별곡의 가사를 정리하여 '가시리'라는 제목으로 대학 가요제에서 은상을 수상하면서 대중적으로 알려진 노래이다. 이 '가시리'의 원곡이 되는 노래가 바로 이 곡이다. 입으로만 전해오던 외국 민요에 사랑의 두근거림이 아름다운 "장미향이 가득한 저녁"이라는 가사를 넣어 명품 곡으로 자리매김했다. 맑은 목소리 하나로 그리스와 세계를 사로잡은 음악의 여신, 나나 무스꾸리의 목소리를 따라서 꿈결 같은 저녁에 사랑하는 사람과 장미향이 가득한 숲 속으로 떠나 보자. 'Erev Shel Shoshanim'

제주도의 푸른 밤

시멘트로 사방이 막혀있는 차가운 벽들을 등진 채
서로 얼굴을 마주하고도 말이 없는 도시의 침묵과

매일이 똑같은 삶의 파편들은 긴박한
시간의 빗장으로 숨통을 조인다.

일상이 남겨놓은 퇴색된 날들을 쓸어 모아
바람에 묶어 날려 보내는 제주도의 밤은 깊어가고

바다가 보이는 창문 속으로 하얀 포말을 안고
달려 다니며 무엇이든 내려놓으라며
또 다른 삶을 위한

자잘한 이야기를 들려주는 파도와
푸른 물감이 묻어나는 하늘을 따라 달려보는
제주도의 푸른 밤

동행同行

I. 그대여
   제 뒤에
   있지 마십시오,
   그대를 자꾸만
   돌아보는 슬픈 사랑으로
   남고 싶지 않습니다.

II. 그대여
   제 앞에
   있지 마십시오,
   그대의 뒷모습만
   바라보는 아픈 사랑으로
   남고 싶지 않습니다.

III. 그대는
   제 옆에
   항상 함께여서
   평행선인 두 길을
   하나로 이어 끝없이 달리는
   동행의 철길처럼

IV. 그대와
   내가 아닌
   우리가 되어
   같은 곳을 함께
   바라보고 갈 수 있는 그런
   사랑으로 남았으면….

Blue – A Chi Mi Dice (Breathe Easy 이탈리어 버전)

영국 출신의 Duncan James(던컨 제임스), Anthony Costa(앤소니 코스타), Lee Ryan(리 라이언), Simon Webbe(사이몬 웹) 네 명의 친구로 구성된 Blue(블루)는 2001년 데뷔하였다. 그들은 부드러운 댄스와 발라드를 적절하게 겸비한 세계적인 보이밴드의 특징을 거부하고, 환상적인 하모니를 앞세워 세련된 R&B(리듬 앤 블루스) 리듬에 깊은 소울과 필이 충만한 팝 사운드를 들려준 팝 보컬 팀이다. 아쉽게도 멤버 간의 불화로 인해 2005년에 해체하였지만 10여 년이 지난 지금까지도 유럽과 아시아에서 여전히 사랑받고 있는 베스트 넘버가 있다.

Lee의 가창력이 돋보이는 애절하고 가슴 아픈 노래 'Breathe Easy'의 이탈리어 버전이다.

그대 때문에 숨을 쉴 수가 없어, 'A Chi Mi Dice'

봄을 기다리며

가시 같은 찬바람에
긁힌 상처로 굳어버린 겨울
긴 터널의 차디찬 설움을 지나며

얼음장 같은 시간을 붙들고
누더기처럼 너덜거리는
나목裸木의 헝클어진 독백

침묵하는 당신 때문에
살아있는 것이
때로는 아픔이라지만
새싹을 틔우는 고통은
어차피 치러야 할
삶의 편린片鱗이라 위로하고

구석진 땅에 절망으로 덮어버린
퇴색된 시간을 뚫고 따뜻한 가슴으로
살포시 올라오는 봄빛 노래를 듣는 날

 제목 : 봄을 기다리며
시낭송 : 박영애

스마트폰으로 QR코드를 스캔하면
시낭송을 감상할 수 있습니다.

망각

어떤 사실을 잊어버리기 위해서
무의식을 대동하는 현실 속에
의도적인 망각을 넘나드는 의식이
또 다른 슬픈 시간을 남기는데,
어쩌면 그렇게라도 살아야 하는
아픔을 우리는 때로
이해해야 한다고 합니다.
이 세상에서
가장 아름답고
가장 소중하고
가장 행복한 것들은
이미 내 가슴속에
있지만 단지 그것을 잊어버리며
살아가고 있을 뿐, 가장 소중하고
아름다운 것은 오직 가슴으로만
느낄 수 있다는 헬렌 켈러의
말에 공감하고픈 날….

Christina Aguilera – Hurt

사랑하는 사람을 잃은 슬픔을 노래하는 크리스티나 아길레라(Christina Aguilera)의 가녀린 가성과 조금은 거칠지만
자유롭게 넘나드는 흉성은 듣는 사람의 시린 가슴을 긁어내는 듯한 애절함을 담고 있다. Hurt(상처)는 복고풍의 재즈
앨범에 수록된 곡임에도 장중하고 낮은 음을 내는 Tuba(튜바) 같은 금관악기가 아닌 바이올린과 첼로 같은 현악기를
스트링하여 소울풍의 애절함을 더해준다. 곡을 만든 Linda Perry(린다 페리)는 곡에서 상처에 대한 것을 말한다.
아버지가 살아계실 때 더 좋은 딸이 되어주지 못한 후회와 죄책감에 대한 고통, 'Hurt'(상처)

흔적

지금도 그 끝을 알 수는 없지만
푸르고 녹음 진 숲만 보고 무작정
걸어온 고집 있는 편도 길에서 만난
수많은 습작들은 침묵하고, 결국은
아무것도 보여줄 수 없다는 허망함이
또 다른 열정을 부르는 가벼움과
부끄러움을 부인하지는 않지만,
오직 나만의 이야기로 남아있는
작은 기억들이 여전히 누군가를
위한 따뜻하고 좋은 흔적이었으면

시월의 마지막 날

뿌리로 돌아가라고
낮은 곳으로 떨쳐내고
빈 가지 사이로
매몰차게 돌아가는
그대의 향기를
붙잡을 수 없어서
그저 바라보기만 하는
시월의 마지막 날
미련하게 내리는 비는
상처 난 고독으로 흔들리고
놓고 간 그리움은
가느다랗고 긴 마음에
애처롭게 매달린다.

Triumvirat — For You

독일 출신의 Triumvirat(트리움비라트)는 1969년 그룹을 결성할 당시 3인이었던 실력파 멤버를 지칭하여 고대 로마시대 삼 인의 원로가 국가를 지배하던 삼두 정치라는 용어에서 이름을 딴 아트록 밴드이다. 1975년에 발표한 콘셉트 앨범인 "Spartacus"에서 유명한 노예 검투사였던 스파르타쿠스의 이야기를 총 9부작으로 진행하였다. 8부 클라이막스에 해당하는 'The March To The Eternal City'는 화려한 전자악기와 오케스트레이션의 서사시적인 웅장함을 감상할 수 있었기 때문에 학창시절 이들의 매력에 빠져 거의 매일 들었던, 잊을 수 없는 밴드다. 프로그레시브 록이 저물어가던 1978년 음반 "A La Carte"를 발표하면서 리더인 위르겐 프릿츠는 시기에 적절한 팝 요소를 가미하여 좀 더 대중적인 접근을 시도하게 된다.

'For you'는 이들의 노래 중 한국에서 가장 많은 사랑을 받고 있기도 하다.

사랑하는 연인에게 보내는 아름답고 애틋한 연가, 'For You'

고백

그대라는
꽃에
취해버린
하루

가슴을
요동치는
설렘으로
죽었다.

또 다시
시작될
천년의
긴 고백

이별 노래

꽃잎 위에 내려앉은
보석 같은 물방울
그립다 말하지 못하는
눈물이 되고

아픔으로 시들어가는
가난한 홑씨
약속 없는
긴 헤어짐을 준비한다.

다 채울 수 없는
사랑의 이별노래
깊이를 알 수 없는
애증의 그림자

얼마나 더 아파야
벗어버릴 수 있을까
이별로 번져가는
그리움의 멍에

그대 닮은 바람
밀치고 막아보지만
여전히 빈 가슴으로
흔들리는 노래

제목 : 이별 노래
시낭송 : 박영애

스마트폰으로 QR코드를 스캔하면
시낭송을 감상할 수 있습니다.

Marianne Faithful – So Sad

만일 우리의 인생이 어드벤처 게임처럼 어떤 결정의 순간에 만일을 위해서 세이브(저장)할 수 있는 것이라면, 우리는 살아가면서 안전하게 여러 번의 저장을 하며 새로운 모험을 수도 없이 시도했을 것이다. 그런데 얄궂게도 우리네 인생에 있어 선택의 기회는 단 한 번뿐이다. Marianne Faithful(마리안느 페이스풀)은 때로는 폭풍 속에서도 무던하게 견뎌내야 할 인생의 지독한 아픔과 슬픔을 노래하는데, 음악 평론가들의 말을 빌리면, 백만 개비의 담배를 막 피워대고 난 것 같은 그런 목소리를 지녔다고 한다. 잔잔한 가슴에 돌무더기를 쏟아내는 듯한 그의 목소리는 아름답지는 않지만 모노톤의 황량한 풍경화처럼 심란하게 마음을 긁어내는 모래알 같은 질감을 느낄 수 있다. 그의 목소리로 더욱 가슴을 후벼 파는 감동을 안겨주는, 'So Sad'(지독한 슬픔)

한라의 노래

무뎌진 칼날의 서늘한 시간은
울퉁불퉁한 바위를 온몸으로 다듬으며
얼마나 많이 넘나들었을까

천년을 흘러온 한라의 눈물로 꽃을 피우고
그 향기를 불태워버릴 녹음 진 아름다움으로
잠시 할 말을 잃는 날

하얀 이불 같은 해무가
눈이 시리도록 유하게 흐르는 자연을 닮아가며
뜨거운 계절에 묻혀갈 잔잔한 노래를 듣는다.

제목 : 한라의 노래
시낭송 : 박영애
스마트폰으로 QR코드를 스캔하면
시낭송을 감상할 수 있습니다.

제주 바다가 그리운 날

도심의 뿌연 일상에 지쳐가는
날이면 탁 트인 수평선을 타고
노니는 파도가 보고 싶습니다.
제 몸을 잘게 부수어내고 낮추어다가
또다시 거칠게 일어나는 파도의 끈기를
보고 있으면 엉켜버린 실타래처럼
복잡한 마음도 쉽게 풀어지지 않을까…
손에 쥐지 말고 내려놓는 평정심平靜心을
유지하라는 누군가의 진심 어린 조언에서
답답하고 어려운 문제를 풀어내는 해답을
어쩌면 찾을 수 있을지도 모르겠습니다.
그 깊고 깊은 속을 쪽빛으로 감추고 있는
제주 바다가 몹시도 그리운 날에…

Bevinda - Ter Outra Vez 20Anos

Fado는 라틴어로 Fatum(숙명)이라는 뜻을 지닌 포르투갈의 전통가요로, 유럽이 시작되는 나라이면서 끝이 되는 나라이자 해양국가가 지닌 지리적 여건으로 생겨난 가슴 아픈 이야기들이 많이 전해진다. 멀리 고기잡이를 떠난 남편과 가족을 그리며 그들의 안위를 걱정하는 마음에서 생겨난 기다림의 노래가 대부분이다. 어쩌면 삼면이 바다인 우리나라에서도 흔히 들을 수 있었던, 어촌마을의 생과 사를 그리는 노래와 흡사한 부분이 들어있다. 바다는 그들에게 삶을 살아갈 수 있는 터전인 동시에 많은 생명을 빼앗아가는 두려움의 대상이기도 하다. 신디사이저와 아코디언으로 휘감는 서정적인 배경은 동양의 신비스런 분위기를 타고 바이브레이션이 파도처럼 넘실대는 Bevinda(베빈다)의 슬픈 목소리는 듣는 이의 가슴을 오랫동안 먹먹하게 만든다. 'Ter Outra Vez 20Anos'

심상

지나버린 시간들이 보여주는
자잘한 이야기는 여전히 말이 없고,
심상心象이라는 벽에 불어대는 바람은
비우지 못하는 가슴에 늘 서성이다 깨어지고
눈가에 아른거리는 눈물로 아픔으로만 맺혀있다.

Damien Rice - The Blower's Daughter

줄리아 로버츠 주연의 2004년도 영화 Closer(클로저)에서 첫 장면과 끝 장면의 배경으로 사용된 OST로, Damien Rice(데미안 라이스)의 데뷔곡이다. 자신의 데뷔앨범 표지 그림을 포함해 보컬은 물론 기타, 클라리넷, 피아노, 베이스, 드럼을 직접 연주하여 녹음하고 프로듀싱까지 완벽하게 해내 진정한 싱어송라이터의 면모를 보여준 다재다능한 음악가이기도 하다. 클라리넷을 가르쳐주던 선생님의 딸을 사랑하게 된 자전적인 내용을 담고 있다. 함께 부른 여성은 한때 연인이었던 Lisa Hannigan(리사 해니건)이다. 아름다운 아일랜드의 정서에서 키워낸, 우수 어린 감성이 담긴 호소력 있는 목소리와 서정적인 기타 선율로 사랑하는 여인에 대한 애절한 감정을 노래하는, 'The Blower's Daughter'

상사화 相思花

붉홍 기다림으로
빚어낸 비연의 꽃
잎마다 가득 담긴
천만겁의 그리움
흔절한 눈물 되고
맑은 잎 터버려서
다시는 볼 수 없는
그날이 온다 해도
그대와 함께 하는
푸른 하늘이 있고
그리움 녹아내린
그대 품에 잠드는
영원한 꿈 있으니

뒷모습

오월의 하늘도
무심한 시간도
바람에 흔들린다

꽃잎이 떨어지고
시간은 또 그렇게
덧없이 흐른다 해도

잊히질 않을 그대의
화려한 열정은 은은한
향기로 가슴에 남는다

지나온 시간이
부끄럽지 않은 꽃처럼
뒷모습이 아름답기를…

Carmelo Zappulla – Suspiranno

고독을 토해내는 카멜로 자뿔라는 이탈리아 나폴리 출신으로 중성적인 톤이 매력적이다. 여성이 부르는 듯
하면서 슬픔과 애절함이 함께 공존하는 허스키 보이스는 듣는 사람의 가슴을 아프게 한다. 가을비가 내리는
날이면 어김없이 떠오르는 노래로, 원제목은 '후회'라고 알려져 있다. 인트로 부분에 빗소리가 들어있는 버
전으로 많이 들려서인지 색다른 제목의, 'Suspiranno'(빗속으로)

가을의 침묵

꿈결 같은 소슬바람이 엊그제 같은데
그 뜨겁던 사연들 무심히 잃어버리고
보일 듯이 보이지 않는 자욱한 시간들
애처롭게 매달린 단풍잎이 떠날 때의
아픔을 견뎌내려고 더욱 붉어지는 날
가을은 또 침묵하고 그리움만 남는다

사랑하세요!

사랑을 하면
천국을 훔쳐볼 수
있다는데 여러분께
기회를 드릴게요,
사랑하세요!

Jean Francois Michael — Adieu Jolie Candy

Jean Francois Michael(장 프랑수아 마이클)은 항상 춥고 배고프던 학창시절의 고뇌와 번민 속에서도 감미로운 팝음악을 통한 하루가 저물어가는 안도감과 이웃집 아저씨 같은 목소리로 젊은 청춘들을 충분히 설레게 하였다. 70년 이전에 태어난 분들에겐 다시 한 번 돌아가고 싶은 시절을 아련하게 떠올려주는 노래가 아닌가 한다. 저녁 10시부터 12시까지 방송하였던 "이종환의 밤의 디스크 쇼" 메인 시그널로 사용되어 국내에서 지금까지도 사랑받는 곡으로, 프랑스 이지리스닝계의 대부 프랑크 푸르셀이 연주한 것으로 알려졌다. 장 프랑수아 마이클의 감미로운 목소리로 들어보는 시그널 원곡, 'Adieu Jolie Candy'(안녕 귀여운 내 사랑)

멍

바람 따라
배회俳徊하는
상처 입은 영혼
술에 취한 듯 붉고
퇴색으로 켜진 그리움만
허공 속 바람으로 흩어진다.

겹겹이 쌓인 숨결로 내려앉은 연민憐憫
하염없이 쓸어가는 마음 한구석에
미련한 멍으로 채워지는 돌 가슴
지독한 고백으로 매번 붙들어도
어느새 만질 수 없을 만큼
달아나는 몹쓸 추색秋色
그저 바라보고만
있는 나….

비상을 꿈꾸며

그저 아무 생각 없이 살다가
어느 날 문득 나와 다른 남을 보면서
자아自我를 찾아보려고 돌아보지만

너무 오랫동안 편안한 안주함에 젖어버려
잔뜩 불어난 무거운 짐들을 내려놓지 못한 채
어쩔 수 없이 미로에 빠진 현실에 조각을 맞추며
살아야 한다는 핑계를 앞세우다

도도한 일상을 벗어나지 못하는
우리들의 부끄러운 아집과 허물을 덮느라
밤사이 산처럼 몰아치던 눈보라를 언 몸으로 버텨내고 탄생한
한 마리 고요한 雪鳥설조여!

눈과 바람과 자연이 빚어낸 雪鳥설조여!
그동안 삶이 힘들고 용기와 노력이 부족해서
단 한 번도 꿈꾸지 못한 우리들의 飛上비상을 물고
날갯짓을 크게 펼쳐 푸르고 눈부신 하늘을 마음껏 높이 날아라!

아직도 늦지 않은 우리들의 飛上비상을 꿈꾸며….

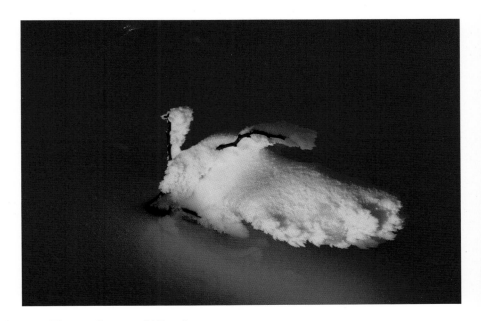

Dana Winner ㅡ Conquest Of Paradise

1492년에 Columbus(콜럼버스)가 신대륙을 발견한 지 정확하게 500주년을 기념하여 1992년에 제작된 영화 '1492 Conquest Of Paradise'의 OST 곡이다. 영화 음악과 뛰어난 신디사이저 연주가로 성공한 뮤지션 '존앤 반젤리스'. 그리스인 특유의 서정성과 웅장함이 음악에 잘 배어난다는 평가를 받았던 그의 연주에 새롭게 가사를 입혀, 아름다운 목소리와 뛰어난 가창력을 지닌 벨기에의 디바 Dana Winner(다나 위너)가 부른 노래다. 미지의 세계로 낙원을 찾아서 떠나는 아름다운 꿈을 노래하는, 'Conquest Of Paradise'

제목 : 비상을 꿈꾸며
시낭송 : 박영애

스마트폰으로 QR코드를 스캔하면
시낭송을 감상할 수 있습니다.

함백산 송신탑

소용돌이치는 유월의 일출을 만나기 위해 찾아간 함백산은
적지 않은 높이 해발 1,572m를 지녔지만,
KBS 방송국 송신탑을 세우면서 만든 임도 때문에 정상까지
일반 자동차로 쉽게 오를 수 있는 산이다. 산 아래의 무더운
유월 중순의 날씨가 무색하게 함백산의 정상은
그리 호락호락하지 않아서 카메라를 잡고 있는 손이
시릴 정도로 바람이 매섭고 쌀쌀해도 주목으로 가득하고
능선이 아름답게 굽이친 만항재를 바라보고 있노라면
답답했던 가슴이 막힘없이 뻥 뚫려 시원하다.
우리는 대한의 자손이어서 백두산의 정기를 받아 한반도를
웅장하게 가로지르는 백두대간에 서면 조금은 흐트러진
마음을 넉넉하게 받아주는 게 아닐까 하는 내 방식의 편리한
해석을 해 본다. 지금은 위성으로 방송을 보내고 있기 때문에
송신탑은 거의 사용하지 않는다는데 여러분께 함백산의 좋은
기운을 보내는 데 사용한다. 받기를 바라며….

충주호

짙푸른 새벽하늘을 항해하는
손톱 달이 작은 쪽배를 닮아있고
하늘이 비추는 살얼음 수면 위로
겨울 안개가 꿈꾸듯 춤을 춘다.

오색을 머금은 여명이 천사의
옷자락처럼 소리 없이 펼쳐지고
철새의 우아한 날갯짓 따라서
호반을 사뿐 날아다니는 운무는
산허리를 동여맨 어머니 치마폭
같은 충주호에 붉은 해를 초대한다.

Annie Lennox — A Whiter Shade Of Pale

영국의 프로그레시브 록 밴드 Procol Harum(프로콜 하럼)이 1967년에 데뷔곡으로 발표하여 50여 년이 지난 지금도 국내외를 비롯하여 300여 명 이상의 이름 있는 가수들이 리메이크할 정도로 사랑받는 불후의 명곡이다. 피아노와 보컬을 맡고 있는 게리 브루커가 바흐의 'G선상의 아리아' 칸타타 일부를 도입하여 다소 초현실주의적이며 난해한 가사를 입히며 어울리기 힘든 팝과 클래식의 조화를 아름답게 만들어 냈다. 과거 유리스믹스 시절에 경쾌한 팝 넘버 'Sweet Dream'(달콤한 꿈)으로 활동하며 이미 뉴에이지 듀오로 많은 사랑을 받았던 애니 레녹스가 솔로로 발표하면서 호소력 짙은 중성적인 목소리와 함께 신비로운 분위기를 연출하여 원곡과는 또 다른 감동을 안겨준다. 빈센트 반 고흐의 한 폭의 풍경화(밤의 카페)를 연상케 하는 고전, 'A Whiter Shade Of Pale'

꿈꾸는 하루

바람에 길 떠나는
처연한 홀씨만으로도
그리움은 전해지고

커피 잔 위를 서성이는
그대의 향기만으로도
이미 눈물겨운 행복

불러도 대답은 없지만
내 안의 그대만으로도
매일이 꿈꾸는 하루

꿈꾸는 하루

제주도

태고의 붉은빛을
연인처럼 품고 있는 파도와
가슴 시원하게 달려오는
쪽빛 바다를 닮은
푸른 밤의 기억들이
그대의 손길처럼 그리운 날
늘 빛과 함께 태어날
추억의 페이지를 비워놓고
한라의 품에서 나고 자란
돌하르방이 들려주는
따뜻한 바람의 이야기를
들으러 지금 갑니다.

청주 늘빛 사진연구회와 제주 사진여행을 떠나며….

Michael Bolton & Eva Cassidy - Fields Of Gold

90년대를 화려하게 풍미했던 블루아이드 소울의 제왕, Michael Bolton(마이클 볼튼)의 보컬리스트로서의 역량은 물론 여전히 녹슬지 않은 싱어송라이터로서의 재능을 보여주는 노래이다. 무공해 보컬로 잘 알려진 스팅이 원곡자이며, 요절한 포크 뮤지션 Eva Cassidy(에바 캐시디)의 어쿠스틱 기타 버전으로 잘 알려진 노래이다. 볼튼은 현장에서 함께 부르지 않고 믹싱 작업을 거쳐 듀엣으로 목소리를 입혔는데, 그녀의 목소리와는 전혀 어울리지 않을 것 같은 마이클 볼튼의 허스키 보이스가 의외로 잘 어울린다.

에바와 볼튼의 아름다운 하모니로 다시 태어난, 'Fields Of Gold'

사진은 사진가의 **삶의 무게**이며
독백으로 이루어진 **꿈**이다

시 : 장영길
시 낭송 : 박영애

스마트폰으로 QR코드를 스캔하면
시낭송을 감상할 수 있습니다.

종합편(20편 수록)

가을 비

가을이 남겨진 자리

꺼지지 않는 등불

꽃 같은 당신

나목 裸木

내가 없는 내안

대청호반

매화

무서리

바람꽃

봄날은 간다

봄을 기다리며

비상을 꿈꾸며

사랑을 위한
작은 준비인 것을

사진 같은 시

세상 이치

오직 그대

유리꽃 향기

이별 노래

한라의 노래

Coffee

사진과 시는 하나 였을 때 아름답다

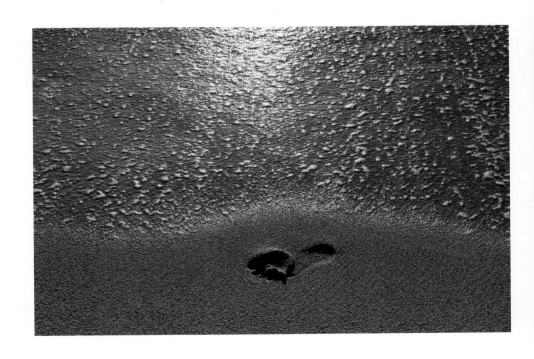

좋은 사진은

카메라로 조절되는 것이 아니라

사진가의 마음에서 찍힌다

빛으로 담아내고 싶은 사진들이
여전히 나만의 사진 꿈으로 남아있다.

새로운 사진을 찍고 싶다면
알려지지 않는 풍경을 찍는것이 아니라
풍경을 새롭게 바라볼 수 있는 눈을
가져야하지 않을까···.

나는 왜? 사진을 찍는가!

풍경을 새롭게 보는 마음의 창으로,
형체의 의미를 가슴에 담아내어
행복과 긍정의 에너지가 팡팡팡
샘솟으시기를 기원드립니다!

| 권선복

도서출판 행복에너지 대표이사
영상고등학교 운영위원장

　삶은 수없이 많은 풍경에 둘러싸여 흘러갑니다. 그 풍경은 대부분 대수롭지 않게 여기거나 익숙하다는 이유로 쉽게 지나쳐버리게 됩니다. 어쩌면 나뭇잎 하나에 세상이 담겨 있을 수도 있고, 벽돌 하나에서 헤아릴 수 없는 유구한 역사를 발견할 수도 있습니다. 사진은 바로 이런 의미를 담아 카메라 렌즈로 사물과 풍경을 바라본 결과물입니다. 그리고 사진을 찍는 사람은 그 의미를 만들어 풍경에 입힙니다. 풍경을 바라보는 자신만의 주관적 의미, 그리고 그 마음을 온전히 투영하는 사진기술로 찍은 사진은 말 그대로 마음의 창이 되어 사진을 보는 사람에게 더없이 많은 의미를 안겨줍니다.

책 『내 안의 그대 때문에 난 매일 길을 잃는다』는 사진작가인 저자가 풍경을 새롭게 보는 마음의 창으로 객관적인 형체를 진솔한 가슴에 담아낸 사진집입니다. 그래서 그는 늘 자기 안에 있는 '그대' 때문에 매일 길을 잃고, 여정에 오릅니다. 그리고 그 여정에서 생겨난 시화를 책으로 엮어내었습니다. 저자는 그토록 수없이 고뇌하고 깊은 사색을 통해 찍어낸 사진으로 자신의 감성을 독자들과 공유하기 위해 시와 산문을 곁들였습니다. 또, 사진과 시에 걸맞은 노래를 더해 그 감정이 더욱 강하게 와 닿도록 배려하기도 했습니다. 그는 그 감정의 여운이 자신만의 울림일지라도 오직 스스로 포장하지 않은 진실이기를 바라며 우리에게 자신의 사진을 전합니다. 세상을 보는 눈, 우리가 세상을 살아가는 자세에 관한 지혜, 그리고 사랑과 그리움의 서정을 담아 사진을 보는 우리의 가슴에 진한 울림을 남깁니다.

우리가 살면서 무심코 지나치는 훌륭한 풍경들에 소중한 의미를 담아 끊임없이 새로운 눈으로 풍경을 바라보다 보면 우리의 눈도 사진작가의 눈처럼 사물에 숨겨진 의미를 찾아내는 능력을 가지게 되지 않을까요? 그리고 그런 눈으로 세상을 바라보면 저자의 의미를 이해하는 날이 올 것입니다. 이 책을 읽는 모든 분들이 풍경을 새롭게 바라보는 순수한 마음의 창으로 더없이 풍부한 인생의 의미를 즐기시기를 바랍니다. 또한 저자의 선한 기운이 널리 퍼져 이 책을 읽는 모든 분들의 삶에 행복과 긍정의 에너지가 팡팡팡 샘솟으시기를 기원드립니다.

하루 5분나를 바꾸는 긍정훈련

행복에너지

'긍정훈련' 당신의 삶을
행복으로 인도할
최고의, 최후의 '멘토'

'행복에너지
권선복 대표이사'가 전하는
행복과 긍정의 에너지,
그 삶의 이야기!

인터파크
자기계발 분야 주간
베스트 1위

권선복 지음 | 15,000원

권선복

도서출판 행복에너지 대표
영상고등학교 운영위원장
대통령직속 지역발전위원회
문화복지 전문위원
새마을문고 서울시 강서구 회장
전) 팔팔컴퓨터 전산학원장
전) 강서구의회(도시건설위원장)
아주대학교 공공정책대학원 졸업
충남 논산 출생

책 『하루 5분, 나를 바꾸는 긍정훈련 - 행복에너지』는 '긍정훈련' 과정을 통해 삶을 업
그레이드하고 행복을 찾아 나설 것을 독자에게 독려한다.
긍정훈련 과정은 [예행연습] [워밍업] [실전] [강화] [숨고르기] [마무리] 등 총
6단계로 나뉘어 각 단계별 사례를 바탕으로 독자 스스로가 느끼고 배운 것을 직접
실천할 수 있게 하는 데 그 목적을 두고 있다.
그동안 우리가 숱하게 '긍정하는 방법'에 대해 배워왔으면서도 정작 삶에 적용시키
지 못했던 것은, 머리로만 이해하고 실천으로는 옮기지 않았기 때문이다. 이제
삶을 행복하고 아름답게 가꿀 긍정과의 여정, 그 시작을 책과 함께해 보자.

『하루 5분, 나를 바꾸는 긍정훈련 - 행복에너지』